KB201043

스치는 생각을

글로 붙잡아 보았다

스치는 생각을
글로
붙잡아 보았다

김호진 지음

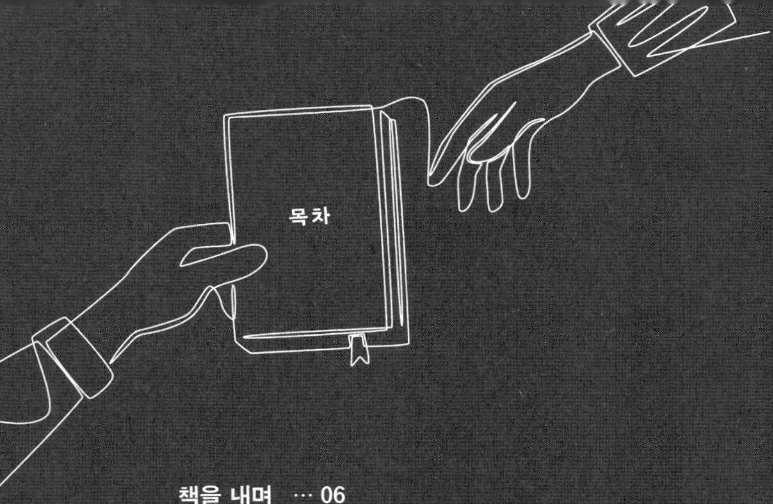
목차

책을 내며

열여섯 살, 교육이 잘못되었다고 생각했다. 그렇게 교육에 대한 에세이를 써서 세상을 바꾸겠다는 막연한 꿈을 키웠다. 책을 읽고 글을 쓰며 인문학과 지식에 빠져들었고 올바른 교육, 주체적인 삶, 더 나은 세상을 꿈꿨다. 나의 고민은 학교라는 안전한 울타리 덕분에 가능했다는 사실을 당시에는 잘 몰랐다. 개인의 삶보다는 사회와 교육이라는 커다란 꿈을 걱정 없이 고민할 수 있던 시기였다. 고등학교를 졸업하기 전에 책을 내겠다는 다짐으로 학창 시절을 보냈다. 그러나 지식도, 쓰는 능력도, 끈기도 부족했던 고등학생은 꿈을 이루지 못했다.

고작 나 혼자서는 교육을 바꿀 수 없을 것만 같았고, 책을 내는 데는 실패했다. 성장 또한 멈춘 것처럼 느껴졌다. 한때 나의 전부였던 교육의 변화에 대한 열망은 눈앞에서 입시 중심의 교육이 사라지자 함께 시들기 시작했다. 나는 이상을 꿈꾸는 자아의 목소리와 화해하지 못한 채로 언제나 죄책감을 가져야만 했다. 경제적 독립의 수단을 마련해 삶에 책임을 져야 한다는 압박감이 커졌다. 보이지 않는 압박은 사회에 관한 커다란 꿈을 허무맹랑한 것으로 느끼게 만들어 나를 한없이 작아지게 만들곤 했다.

대학생이 되어 입시의 판에서 벗어나 좀 더 넓은 세상을 경험했고, 군인이 되어 의무의 시간을 거쳤다. 그 안에서 나 하나가 얼마나 작은 존재인지 실감했다. 커다란 변화를 바라는 개인이 무기력하게 느껴졌다.

그럼에도 교육을 고민하며 가졌던 향상심이라는 본질은 고이 간직했다. 더 나은 세상을 만들고 싶고, 선한 영향력을 끼치고 싶다는 마음은 자아의 중요한 축으로 남았다. 교육을 넘어 사회가 요구하는 삶의 모습은 얼마나 주체적이고 의미 있는 삶과 거리가 먼지 고민했다. 삶의 의미를 찾지 못한 채로, 맹목적으로 남들이 추구하는 가치에만 몰두하게 된 사람들의 삶을 보았다. 마치 성적만이 주가 되었던 학교의 모습이 돈의 논리를 따르는 사회로 이어진 듯한 모습이었다. 사회의 모습에도 질문을 던지며 여전히 더 나은 세상을 꿈꿨다.

동시에 고등학생 때 주목했던 시스템이나 사회 구조가 아닌 삶을 살아가는 개인으로서의 사람에게 집중하기 시작했다. 나를 돌보지 못해 힘들었던 시기를 떠올리며 깨달았다. 더 나은 삶은 사회의 옳고 그름이 아니라 하루하루의 일상과 인간관계, 자아의 이해 등을 고려한 총체적인 경험으로 바라볼 때 비로소 이해할 수 있음을. 사람들이 자기 자신을 지탱하기 위해 얼마나 치열하게 살아가는지 느꼈다.

교육과 사회에 관한 고민만으로는 삶이 불완전하게 느껴진 이유를 찾았다. 그 괴리는 자기 존재를 온전히 책임지지 못한 채로 사회의 발전을 꿈꾸는 데서 오는 개인의 필연적인 불안이었다.

아직은, 누군가 세상 모르는 치기 어린 생각이라고 말해도 더 나은 세상을 만드는 가치 있는 일을 하고 싶다. 좋은 성적과 안정적인 직장, 많은 돈보다도 중요한 가치가 있다고 믿는다. 수많은 사회적 문제의 본질적 원인에는 단편적인 가치만을 추구하는 개인과 사회의 모습이 있다고 믿는다.

잃어버린 가치를 되찾기 위해 개인은 본질을 찾으려는 태도를 통해 주체적으로 삶을 살아가야 한다고 말하고 싶다. 그렇게 우리는 의미 있는 삶을 살 수 있게 될 것이다. 인간과 삶, 사회는 너무나 복잡하지만, 우리가 반드시 탐구해야 하는 주제다. 더 나은 삶을 위한 방법을 고민하지 않고서는 진정으로 성장할 수 없다.

몇 년 전과 달리 세상을 바꾸고 싶다는 말보다 더 나은 세상을 만들고 싶다는 표현을 쓴다. 지금 내가 힘쓸 수 없는 커다란 문제보다는, 내가 직접 만들 수 있는 변화로부터 시작하려고 한다. 그리고 그 변화의 대상은 사람이다. 사람의 변화로부터 더 나은 교육, 사회, 삶을 꿈꾼다. 배움을 통한 삶의 나아감과 화합을 통한 사회의 발전을 꿈꾼다. 동시에 나의 삶을 지탱할 수 있는 필수적인 경제력과 원하는 가치의 실현을 어떻게 양립시킬 수 있을지 치열하게 고민한다. 삶은 아직도 혼란스럽고 어렵다.

이 모든 생각의 흐름과 고민의 과정을 최대한 담아내려고 노력했다. 이 책은 더 나은 세상을 만들고 싶은 한 사람의 이야기이자 그 꿈의 실현 과정 그 자체이기도 하다. 이 안에서 생각의 조각이 몇 개라도 당신에게 가닿아 작지만 의미 있는 변화를 만들었으면 한다. 그렇게 학교, 교육, 성장, 관계, 행복 등 삶의 다양한 이야기를 24개의 챕터에 성장과 생각의 기록으로 남겼다.

책의 구성을 자세히 살펴보자면 먼저 열여섯부터 스물셋까지 나이별로 여덟 개의 챕터가 있다. 이 글은 소설을 읽듯 이야기를 편하게 따라가면 된다. 각 나이의 챕터 뒤에는 두 개의 개별적인 챕터가 있다. 특별한 주제나 사건을 중심으로 하는 편은 그 자체로 하나의 완결되는 수필이 되도록 노력했다. 어떤 나이 편의 뒤에 있다고 해서 꼭 그 시기에 구상했던 이야기를 담지는 않았지만, 순서대로 읽었을 때 흐름이 어색하지 않도록 배치에 신경을 썼다.

내가 생각하는 더 나은 세상의 모습과 방법, 이유를 담았다. 사람의 변화로 만들어지는 더 나은 세상에 집중했고, 그렇기에 사람의 총체적인 경험인 삶을 중심으로 다뤘다. 꿈을 꾸는 한 사람의 이야기를 따라가며, 새로운 생각과 관점을 경험하길 바란다. 삶이라는 경험을 공유하는 동료로서 생각에 공감하고 이해를 넓히는 기회가 되길 바란다. 그 과정에서 함께 커다란 질문을 던지고, 삶을 고민하는 시간을 가질 수 있었으면 한다. 나에게 진짜 중요한 가치는 무엇이며, 그것을 위해 어떻게 살 것인지. 그 과정에서 우리는 비로소 자기 자신과 화해할 수 있게 될 것이고, 우리는 의미를 품은 존재로서 충만한 삶을 살아갈 수 있게 될 것이다.

그렇게 더 나은 세상을 꿈꾸며, 스치는 생각을 글로 붙잡아 보았다.

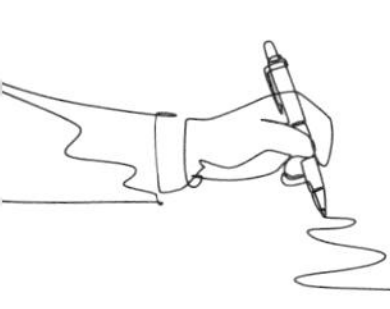

열여섯, 눈을 떴다

모든 개인에게는 내면으로부터 생긴 변화로 인해 새로운 세상이 열리는 시점이 있다. 바깥의 세상은 그대로지만 인식의 변화로 인해 세상이 재구성되는 경험. 나는 사춘기의 정신적 성숙은 이 고유한 과정을 반드시 거친다고 믿는다. 당시에는 인지하지 못하더라도 나중에는 이해할 수 있는, 자신의 세계가 만들어지기 시작하는 순간이 있다.

이제는 기억으로밖에 찾을 수 없는 그 시기를 떠올린다. 완벽한 기억은 없지만 나에게 이 변화의 느낌만큼은 선명하게 남아있다. 이 때를 시작으로 나는 의미를 찾기 시작했고 주체적으로 살아가게 되었다. 자아를 형성하기 시작하던 때를 분명하게 기억한다. 나는 그때 열여섯 살, 중학교 3학년이었다. 그리고 나는 대한민국의 교육을 바꾸고 싶었다.

그전까지 나의 세상은 이렇다 할 색이 없었다. 어릴 때부터 적극적이고 자기 의견을 피력할 줄 아는 아이들이 있는가 하면 소심하고 자기주장이 약한 아이들도 있다. 나는 후자에 가까웠다. 부모님의 말씀을 잘 듣는 아이였고 특별히 문제가 될 만한 행동은 살면서 해본 적이 없었다. 아무 일에도 큰 관심이 없었다. 어떤 취미에 빠져 몰입해 본 적도 없었고 친구들과 몰려다니며 노는 일에도 크게 흥미가 없었다. 특별하게 좋아했던 TV 프로그램이나 노래도 기억나질 않는다. 학교와 학원을 오갔고 집에서는 게임을 했다. 인생에 크게 기대도 불만도 없었다. 주관이 약하고 조용하고 착한 평범한 아이였다. 한 가지 꼽을 만한 특징으로, 나는 공부를 잘했다.

이 특징은 자랑이나 기만이 아니라 사실에 대한 기술에 가깝다. 내가 뚜렷한 목표를 가지고 공부했거나 배움 자체를 즐겼다면 그 사실에 뿌듯할 수 있을지도 모르겠다. 그러나 나는 그저 부모님이 시키는 공부를 시키는 대로 하는 아이였다. 부모님은 어릴 때부터 누나와 나의 교육에 정성을 다하셨다.

어머니는 누나와 내가 한글을 뗀 지 얼마 되지 않아 자연스럽게 영어를 가르치셨다. 우리나라에서 흔하게 영어를 배우게 되는 방식인 학원을 통한 문법과 단어 공부가 아닌 애니메이션과 책으로 영어를 시작했다. 밥을 먹으면서 영어 애니메이션이나 시트콤을 봤다. 그리고 수많은 영어 오디오북을 들었다. 쉬운 수준의 책부터 시작해서 유명한 소설 시리즈의 오디오 파일을 틀어놓고 이야기의 세계 속으로 빠져들었다. 나에게 영어는 하기 싫은 재미없는 외국어가 아닌 내가 접하는 매체에서 사용되는 하나의 언어였다. 어릴 때부터 중학생이 되어서까지 미디어를 통한 영어 공부를 이어갔다. 이렇게 영어를 오랜 기간 접하고 나니 영어를 언어로써 자연스럽게 어느 정도 구사할 수 있게 되었다.

아버지는 수학을 가르쳐 주셨다. 누나와 탁자에 앉아 수학을 배웠던 기억은 지금도 어렴풋이 남아있다. 그렇게 배우는 수학을 싫어하지는 않았다. 나에게 수학은 규칙을 가지고 있는 하나의 퍼즐 놀이였다. 아버지는 단순 계산을 많이 시키기보다는 개념에 대한 확실한 이해를 우선시하는 교육 방식을 가지고 계셨다. 그렇게 중학교에 들어가기 전까지 아버지와 수학 공부를 했다.

직장을 다니시면서도 정보와 자료를 구하고, 공부하고 직접 가르치며 자녀들의 교육에 힘쓰신 부모님의 노력 덕분에 아들과 딸은 어쩌면 별다른 노력 없이도 높은 성적을 받는 학생이 되었다. 초등학교를 거쳐 중학교까지 나는 시험에서 항상 높은 점수를 받아왔고 그것은 나에게 어느 순간부터 당연해졌다.

성적이 높은 학생은 학교에서 좋은 대우를 받는다. 선생님들도 공부를 잘하는 학생을 예뻐하시고 친구들 사이에서도 적어도 나쁘지 않은 평판을 얻을 수 있다. 공부 덕분에 나의 삶에 주어진 이점은 주체적인 노력을 통해 얻은 것이 아닌 주어진 무엇에 더 가까웠다. 부모님의 노력 덕분에 나는 의식하기도 전에 높은 학업적 성취를 얻을 수 있었다.

그러나 학업적 성취가 효능감으로 이어지지는 않았다. 나의 삶에는 목표도, 열정도, 눈을 빛내며 말할 수 있는 무엇도 없었다. 많은 것을 누리는 편안한 삶이기 때문이었다고 생각한다. 생계를 유지하기 위해 일을 해야 했던 것도 아니고, 삶을 원망할 만큼 학원을 서너 개씩 다니며 바쁜 방과 후 시간을 보내지도 않았다. 세상에 큰 불만도, 관심도, 욕심도 없었다. 그렇게 흘러가는 대로 살고 있었다.

주어진 것에 질문하지 않고 흘러가는 대로 살았던 태도가 가장 후회되는 해는 중학교 2학년의 한 해다. 이때의 담임 선생님은 아무리 좋게 말해도 강압적이고, 권위적이며, 고집이 센 분이셨다. 매 조례와 종례 시간에 공부와 성적에 관한 잔소리를 빼먹지 않으며 작은 잘못도 크게 꾸짖곤 하셨다. 아직도 그게 어째서 문제인지 모르겠지만, 한 시험을 치고 반에 전교 10등 안에 든 학생이 없다고 반 전체가 긴 잔소리를 들었다. 교과서에서 억지로 문제를 내고 답하지 못하는 친구들에게 핀잔을 일삼았다. 특정 종교를 계속 권유했다. 수업이 다 끝나고 해가 떨어지는 종례 시간에 다른 반은 모두 하교한 시간에 학교에 남아 잔소리를 듣는 일상은 큰 스트레스였다.

분명 합당하지 못한 꾸짖음을 받는 상황에서 아무 말도 하지 못했다. 권위와 강압성에 눌려 우리는 제대로 된 주장을 할 수 없었다. 아무리 질풍노도의 시기가 찾아올 때라지만, 열다섯은 여전히 미성숙한 중학생일 뿐이었다. 뒤에서 욕하거나 무턱대고 대들 수는 있어도 대등하게 대화할 수는 없었다. 성적에 과하게 치중된 가치관이나 종교적 편향성을 지적하지 못했다. 교육의 목적과 교사의 역할, 교실에서의 일방적인 구조에 대해 고민하지 않을 수 없었다. 이 한 해는 결국 끝까지 반박 한마디 하지 못했다는 후회를 남겼다. 선생님이라는 이유로 반드시 신뢰를 보내지 않게 되었고, 가만히 있는 것만으로는 충분하지 않고 나서서 말해야 하는 상황이 있음을 느꼈다.

중학교 3학년이 되고 2학기가 다가오자 자연스럽게 하나의 동아리에 소속되었다. 학교에서 공부 좀 한다는 학생들을 모은 고등학교 진학 준비를 위한 동아리였다. 나는 특수목적 고등학교나 자율형 사립학교 진학에 욕심이 없었다. 그런 종류의 고등학교에 대한 정보도, 진학의 이유도 없었다. 그럼에도 이 동아리에 들어가게 된 건 그저 내가 성적이 높았기 때문이었다. 신청했던 기억이 없음에도 어느 순간 속해있게 되었다.

이 동아리 활동의 첫 번째 날을 아직도 기억한다. 희망하는 고등학교의 종류에 따라 조를 구성했는데, 나는 어머니께서 내가 진학하길 원하셨던 자사고를 희망한다고 자신감 없게 말했다. 그 학교는 내가 다닌 중학교에서 멀리 떨어진 다른 지역의 기숙형 학교라 지원하는 친구가 없었다. 진학하겠다는 의지도 없이 낯선 학교의 이름을 말하는 일이 부끄럽고 어색했다. 반면 어떤 친구들은 나름의 목표하는 고등학교가 있었다. 동아리의 모든 친구들이 명확한 계획을 가지고 있었던 것은 아니지만, 조리 있게 자신이 가고 싶은 고등학교를 이야기하는 친구들이 있었다. 목표하는 바가 없는 스스로에 대한 부끄러움과 함께 이 친구들을 보며 멋지다고 생각했다. 지금 생각하길 이 작은 동경은 나에게 부족했던 삶의 주체성에 대한 동경이었던 것 같다.

그러나 동시에 나와 비슷한 친구들도 많이 보았다. 삶에 대한 계획을 자신이 세운 건 아니지만 부모님의 바람대로 좋은 고등학교에 가려는 친구들이 있었다. 교과목 학원을 네다섯 개씩 다니며 통제된 삶을 사는 친구들이 있었다.

동아리의 활동은 고등학교 진학에 도움이 되기 위한 탐구 활동 및 발표가 주였다. 정확히는 생활기록부 관리에 가까웠다. 생활기록부에 기재하고 싶은 내용을 직접 적는 종이를 받았을 때, 나는 이상하다는 생각이 들었다. 탐구가 목적이 아니라 생활기록부의 기록이 목적이 되는 구조가 잘못되었다고 생각했다. 중학생의 수준을 넘어선 탐구 내용의 과장이나 하지 않은 활동까지도 기록되었다. 탐구하고 발표하는 과정은 명목적으로만 이뤄졌다. 이런 행위는 너무나도 당연하게 이뤄졌고, 오히려 그렇게 하지 않는 쪽이 잘못된 것처럼 느껴졌다. 실제로 그랬을지도 모른다. 고등학교 진학이라는 목적이 있고 형식적일지라도 활동을 토대로 하는 생활기록부 기재에는 큰 문제가 없었을지도 모른다.

다만 좋은 고등학교에 진학하는 것이 어떤 의미를 갖는지 나는 도통 이해하지 못했다. 또 누구도 나에게 그래야 하는 이유를 알려주지 않았다. 만약 누가 고등학교를 거쳐 더 좋은 대학에 진학해서 더 나은 직업과 소득을 얻기 위함이라고 설명했더라도, 그 말은 배고픔을 모르고 물욕도 없던 중학생을 설득하지 못했을 것이다.

새로운 언어를 배우거나 각종 예체능과 교과 외의 활동 등 다른 학교에서는 제공하지 못하는 다양한 경험이 나를 성장시킬 거라 누군가 말했더라도, 당시의 나에게는 성장 의지보다 미지에 대한 두려움이 더 컸을지도 모른다. 공부를 잘하는 학생들이 모인 학교는 경쟁이 치열하다는 말이 무서웠다. 성적이 높기에 특수한 고등학교에 가야 한다는 말에는 논리적 연결고리가 빠져있어 보였는데, 나를 제외한 모두가 나만 모르는 그 이유에 납득하고 있는 것만 같았다.

나는 동아리 활동이 있는 날이면 그 공간의 이방인이 되었다. 고등학교 진학을 위한 생활기록부 작성이라는 목적에 공감하지 못한 채로 위화감을 느끼곤 했다. 활동과 기재의 주종이 뒤바뀐 듯한 묘한 느낌, 그리고 공부 스트레스로 인해 힘들어하는 몇 친구들. 여기에 사춘기의 흔한 염세적 태도가 합쳐져 하나의 결론이 만들어졌다.

교육이 잘못되었다.

제대로 아는 것 없이도 우리나라 교육에 문제가 있다는 말은 누구나 할 수 있는 뻔한 말이었다. 다만 나는 무언가 잘못되었을 때 해야 하는 행동까지도 자연스럽게 이어져야 한다고 믿었다. 그리고 내가 그 잘못을 바로잡을 수 있다고 생각했다. 놀라울 정도로 허황하고 거대한 생각을 했다.

내가 교육을 바꾸겠다.

나는 열여섯 살이었고 처음으로 나의 시각으로 세상을 바라보기 시작하는 시기였다. 열여섯 살에게 학교는 세상이다. 나와 친구들을 둘러싼 세상에서 잘못된 조각을 발견했고 이를 바로잡고 싶었다. 삶은 의미가 생기기 시작했고 생각은 피어나고 있었다. 교육의 본질, 사회의 문제, 정의와 본질, 혁신과 변화. 삶과 행복. 이런 관념들이 싹을 틔웠다. 주어진 것을 있는 그대로 받아들이지 않고 비판적으로 사고하는 행위의 중요성을 깨달았다. 내적인 사고의 전환과 함께 이상적인 교육의 실현을 내가 해낼 수 있을 것만 같았다. 그럴 수 있다는 근거는 전혀 없었음에도 자신감과 열정은 끝도 없이 자라났다.

그렇게 부풀어 오른 이상은 커져만 갔다. 계획을 실현할 방법이 필요했다. 가장 그럴듯해 보이는 방법으로 책을 써야겠다고 생각했다. 그 형식에 대해서도 나름의 생각이 있었다. 교육에 관한 전문적인 지식을 가진 사람들과 다르게 내가 가진 강점이 있다면 학교에서 직접 교육을 접하는 학생이라는 점이었다. 실제 사례를 담기 쉽고 친구들이나 선생님의 의견을 모을 수 있었다. 어설픈 이론을 내세우기보다 상황을 알리고 호소하며 솔직한 생각을 전하면 중학생의 이야기가 화제가 되겠다 싶었다. 교육이 중요한 현안으로 떠올라 대대적인 개혁이 일어나리라 꿈꿨다. 나중에야 에세이라는 장르를 알게 되고 내가 쓰려는 글에 대해 이해하게 되었지만, 당시에는 내가 혁신적인 책의 방식을 만들어 냈을지도 모른다고 생각했다.

그러나 이 생각에 작은 문제가 있었다면 그것은 자신감의 크기가 아니었다. 허무맹랑할지라도 사춘기가 시작되는 청소년이 꿈을 키워가는 데에 문제는 없다고 생각한다. 문제는, 성공의 시기를 너무 짧게 잡았다. 나의 노력으로 사회와 교육이 변하고 모두가 행복한 세상이 만들어지는 상상은 10년, 20년 뒤가 아니라 당장이라도 내 눈앞에서 아른거렸다.

그리고 고등학교 3년 동안 지독한 열병처럼 나는 교육을 앓았다.

자아를 탐구하며

수학처럼 명확한 정답이 있는 질문을 해결하는 것도 흥미롭지만, 하나의 명확한 정답이 없는 철학적인 질문에 대해 고민하는 쪽을 훨씬 좋아한다. '나는 누구인가?', '자유의지란 존재하는가?', '삶의 의미는 무엇인가?" 등의 질문은 복잡한 생각을 요구하며 수학 문제처럼 정답이 존재하지도 않는다. 이런 질문들에 우리는 학문적인 지식, 논리적인 사고, 개인적인 경험 등을 모두 종합해 저마다의 해답을 제시할 수 있다. 하나의 합의에 결코 다다를 수 없는 문제를 붙잡고 있는 건 소모적이고 무의미하다고 여길 수도 있다.

그러나 이러한 질문을 우리가 던지는 이유는 깊은 사유가 결국 더 나은 삶을 만들어가는 데에 도움이 되기 때문이다. 인간이 무엇인지 깊게 탐구하려 드는 사람은 자신을 이해하게 되며 겸손과 주체성을, 타인을 인정하며 배려를 배울 수 있다. 의미를 고민하다 보면 자신에게 중요한 가치를 깨닫고 더 나은 세상의 모습을 꿈꿀 수 있게 된다. 시대를 불문하고 인류가 고민해 온 여러 거대한 담론이 있다. 그중에서 자아에 대한 고민은 빠지지 않으리라 생각한다. 나라는 존재를 어떻게 이해하고 받아들일 것인지 우리는 고민한다. 그리고 생각을 나누는 과정에서 우리는 다시 나아간다. 자아에 관한 작은 고찰을 나눈다.

철학을 배우며 나를 가장 놀라게 했던 관점은 우리가 오직 정신세계를 통해서 세계를 인식한다는 통찰이었다. 사과가 있다. 우리는 어떻게 그 사실을 알 수 있는가? 일반적으로는 사과가 먼저 존재하고 우리가 시각을 통해 사과에 반사된 빛을 받아들여 뇌의 시각피질에 맺힌 상을 통해 알 수 있다는 과학적인 대답이 가능하다. 그 외에도 사과를 만지고 맛보고 냄새를 맡는 등 오감을 통해서도 그 존재를 확인할 수 있다. 하지만 반대로 생각하면, 우리는 감각기관과 뇌를 통하지 않고서는 세계의 무엇도 인식할 수 없다. 바로 앞에 사과가 있어도 감각기관을 사용하지 않으면 우리는 그 존재를 증명할 수 없다. 우리가 오직 우리의 정신을 통해서만 세계를 인식한다는 사실은 틀림이 없다. 자아의 특징이라 할 수 있는 관계, 가치 판단, 선호도 등은 정신에 남아 우리의 세계를 구성한다.

그렇기에 자아를 이해하는 일은 나의 세계를 이해하는 일이 된다. 의식이란 무엇이고, 감정을 느끼는 이유는 무엇인지 이해하려는 시도는 한 걸음 뒤에서 나를 확인하고 세계를 넓히는 데 도움을 준다. 인간은 몇 마디의 글과 몇 개의 조건만으로 환원될 수 없는 존재라고 믿는다. 추구하는 삶의 목표, 중요하게 생각하는 가치, 태도와 성격, 지능, 외적인 요소, 한 사람의 모든 요소가 인간이라는 복잡한 존재의 본질을 구성한다. 외모, 학력, 취미, 직업 등으로 한 사람의 특징을 나타낼 수는 있으나 본질을 나타낼 수는 없다. 그러나 사회를 살아가며 존재의 가치는 쉽게 표면적인 것들로 대변되곤 한다.

그리고 우리는 쉽게 하나의 가치로 사람을 판단하고 때로는 자신을 잃어버리게 된다. 유독 남의 눈치를 많이 보고 획일화된 삶의 모습을 추구하는 우리 사회에서 우리는 자주 이런 상황을 겪는다. 성적, 외모, 수입 등으로 비교하고 존재 의미를 낮추기 일쑤다. 하지만 사람은 숫자의 크기를 비교하듯이 쉽게 비교할 수 있는 대상이 아니다. 단순히 모든 존재는 그 자체로 소중하기에 사랑받아 마땅하다는 무조건적 위로가 아니다. 자신의 자아를 존중하지 못한다면 외부에서 온 일시적인 위로는 진통제일 뿐이다. 단순한 가치로 사람을 평가하는 문제의 본질을 바라보는 방법은, 사람의 본질을 바라보는 것이다.

혼자 여행을 떠나거나 사색의 시간을 가지는 등의 상황에서 자신을 되돌아볼 때 '나를 찾는다'라는 표현을 자주 만날 수 있다. 그러나 나는 이 표현을 볼 때마다 과연 나를 찾는다는 표현이 맞는 것인지 의문이 든다. 찾기 위해서는 찾아지는 것이 필요하다. 찾아지는 것은, 찾는 주체로부터 떨어져 있는 수동적이고 고정적인 무엇이다. 그러나 자아는 찾는 행위가 있어야 할 만큼 떨어져 있을 수 없다. 물론 일상과 다른 경험을 통해 자신의 몰랐던 기호를 발견하거나 감정적 상태를 경험할 수 있다. 그렇다면 이런 경험을 통해 우리는 나를 찾는 과정을 완료한 궁극적인 상태가 될 수 있는가? 그렇지 않다.

자아는 언제나 통합적으로 존재하고 변화한다. 사물에 대한 간단한 기호부터 감정적 상태, 삶의 목표와 가치관까지. 그리고 그 변화는 오로지 자신의 세계에서 이뤄지므로 책임 또한 자신에게 있다. 자아는 찾는다는 표현보다 만들어 간다는 표현이 어울린다고 생각한다.

이런 맥락에서 최근 커다란 인기를 끌었던 MBTI 검사의 유행이 인간을 이해하는 깊은 사고를 해치는 게 아닌가 걱정된다. 유형론 심리검사는 한계가 명확하다. 이분법적인 분류의 유형론 검사는 척도형 검사 결과에 비해 일반화의 오류를 자주 범하게 된다. 예를 들어 내향성(I) 90과 내향성 10, 외향성(E) 10의 검사 결과를 가진 사람이 있을 때 유형론에서는 내향성 결과의 두 사람을 하나의 특성으로 분류해서 설명하게 된다. 하지만 실제로는 내향성 10과 외향성 10의 결과가 나타난 두 사람의 성격이 더 유사하다.

MBTI에서 구분에 사용하는 항목에 대해서도 나는 감정형(F)과 사고형(T)이 과연 대비되는 유형인지 의문이 든다. 사고의 반대는 감정이 아니다. 공감의 반대는 논리가 아니다. 논리적 사고의 반대는 감정적 사고가 아닌 비논리적 사고이며, 감정에 공감하지 못한다고 해서 사고를 우선시하는 것은 아니다. 내향성과 외향성은 하나의 척도를 가진 분류이기에 수직선 위에 나타내듯이 스펙트럼을 이해할 수 있지만, 감정과 사고를 같은 방식으로 이해할 수 있다고 생각하지 않는다. 두 특성이 모두 강하게 드러나는 사람이 있을 수 있고, 두 특성 모두 약한 사람이 존재할 수 있다.

게다가 척도를 나타내지 않는 유형론이기 때문에 척도로는 사고 90, 감정 60인 사람은 사고 60, 감정 40의 특징을 가진 사람과 동일하게 MBTI에서 사고 60%의 결과를 얻게 된다. 이는 수학 과목과 국어 과목의 비율이 같은 사람을 점수에 관계없이 같은 평가를 내리는 상황과 유사하다.

마지막으로 자기 보고형 검사는 애초에 객관성을 가지기 어렵다는 한계를 가지고 있다. 점수를 주는 성향에 따라 실제보다 극단적인 결과가 나올 수 있다. 객관적으로 외향적인 성격의 사람이 잠시 우울한 기분에 자신을 내향적으로 평가할 수도 있다. 자신이 평가한 성격의 결과를 다른 사람들과 같은 검사를 했다는 이유만으로 같은 척도로 이해할 수는 없다.

물론 MBTI를 통해 사람에 대해 개괄적으로 쉽게 알아갈 수 있고 나도 MBTI를 주제로 하는 가벼운 대화를 즐긴다. 하지만 심리검사는 인간이라는 복잡한 존재에 대한 현상적인 분류에 불과하다. 자아에 대한 고민의 답을 찾기에는 부족함이 있다.

열여섯에 처음으로 교육이 잘못되었고 내가 더 나은 교육을 만들고 싶다고 생각했다. 학업을 통한 사회적 경쟁 우위라는 가치가 가장 우선시되는 환경에서 타인과 사회의 모습을 고민한다는 사실은 자의식과 정체성의 확립에 지대한 영향을 끼쳤다. 그때 가진 교육의 본질과 사회의 발전을 고민하는 태도로 일관되게 삶을 살았다고 자신한다.

사람들의 삶에서 우선순위는 모두 다르다. 친구, 가족, 공동체, 명예, 부, 자아실현, 행복 등. 자아의 모습을 이해하는 하나의 좋은 방법은 여러 가치를 나열해서 중요도를 매기고 각각의 가치에 얼마나 만족하고 있는지 점검하는 것이다. 나는 유독 자아실현에 대한 욕망이 강하다. 그리고 내가 하고 싶은 일은 더 나은 교육을 제공하고 더 나은 세상을 만드는 일이다. 지금도 구체적으로 어떤 상황에서 만족감과 충만함을 느끼는지 인지하고 그 감각을 얻을 수 있는 일을 찾아가는 과정에 있다. 지식을 기반으로 지혜를 채우고, 이것을 바탕으로 세상에 변화를 만들어 낼 때 말로 다할 수 없는 충만함을 느낀다.

나에게 자아를 향하는 과정은 이를 위해 단단한 기둥을 쌓는 무엇이었다. 처음 더 나은 세상의 모습을 꿈꾸었을 때는 자신을 믿을 수 있는 근거가 약했다. 책을 통해 세상을 이해하고 생각을 제련해 가며 근거를 만들었다. 누군가를 설득할 수 있는 논리와 정당성을 만들었다. 쌓이는 사고의 흐름은 자신감이자 자존감의 원천이 되었다. 나라는 개인이 할 수 있는 일이 너무 작다고 느낄 땐 무력했지만 옳고 그름에 대한 가치 판단은 흔들리지 않았다. 옳지 않다면 그렇다고 말할 수 있으며, 진심으로 성장을 꿈꾼다고 말할 수 있게 되기까지의 과정은 정체성의 커다란 축을 만들고 있다. 이상을 놓지 않고 나를 끊임없이 만들어 가는 삶을 살고 싶다.

내가 가진 꿈이 순수한 이타심이나 애국심이 아닌 주로 자아의 만족을 위함이라는 생각이 들고 그 가치가 대단하지 않은 것처럼 느낀 적이 있다. 그러나 사람이라면 자신에게 만족감을 주는 행위를 하기 마련이며 이타적인 목표로 자아를 실현할 수 있다면 그것은 분명 가치 있다는 결론을 내렸다. 그리고 동기는 여러 이유로 구성되어 있으며 함께 힘들어하던 친구들에게 들었던 연민, 사회적 행복에 대한 갈망은 충분히 의미 있는 이유였다.

존재의 본질을 형성하는 일은 오직 그 주체의 손에 달려있다. 주어진 성질과 외부의 요인은 분명 작용하지만, 의미를 부여하는 작업은 오직 정신 안에서 일어난다. 같은 부정적 사건을 겪어도 회복탄력성을 가지고 다시금 의지를 다지는 사람이 있는가 하면 염세적인 시선으로 세상을 부정적으로 바라보게 되는 사람도 있다. 둘의 세계는 완전히 다르다. 이처럼 인간의 본질은 자기 손에 달려있다. 어떤 일에 가치를 느끼고 노력하며 살아갈지 결정하는 힘은 우리의 숙명과도 같다.

주인공 싱클레어가 자아를 탐구하는 과정을 담은 소설 《데미

안》의 서문에서처럼 저마다 삶은 자아를 향해 가는 길이며, 그 길을 추구해 가는 것이다. 역시 같은 서문에 있는 문장처럼 그 어떤 사람도 완전히 자기 자신이 되어본 적이 없었다는 말에 동의한다. 결국 자아에 대한 탐구는 방향이자 그 성질이다. 도착점이나 발견에 대한 무엇이 아니다. 자신의 목소리를 들어야 하는 이유는 이상세계의 자아에 도달하기 위해서가 아니다. 우리는 사회적인 관습과 언어의 한계에서 자유롭지 않고 그저 삶의 맥락 속에서 만나는 자신을 구성해 간다. 세상의 상호작용을 통해 시시각각 변하며 그 안에서 조화를 찾는 것. 수없이 질문을 던지고 고민하다 보면 비로소 자신의 본질에 조금 닿을 수 있을지도 모른다.

그렇게 다만 살아갈 뿐이다. 흔들리되 쓰러지지 않고, 만족하며 책임질 수 있는 자신을 세워가는 것이 중요하다. 나에게 내적인 성장은 이런 이유에서 커다란 의미를 지닌다. 여전히 자아를 이해하고 구성해 가는 과정에 있다. 언젠가는 나의 이야기도 자신의 삶에서 주인공이 되고 싶은 누군가의 여정에도 작은 도움이 되길 바란다.

필리핀 영어 캠프

내가 초등학교 4학년이었을 때 동네에 큰 영어학원이 생겼다. 이 학원에서 열린 영어 경시대회에서 초등부 대상을 받았다. 어릴 때부터 어머니의 교육법으로 자연스럽게 익힌 영어 실력은 나에게 특별한 능력으로 느껴지지 않았다. 시간이 좀 더 지나서야 그 덕분에 얼마나 많은 기회를 얻게 되었는지 체감할 수 있었다. 대상 수상자에게는 해외연수 프로그램이 부상으로 주어졌다. 최우수상은 부상으로 아이패드가 수여됐는데 부모님 말씀으로는 내가 아이패드를 더 가지고 싶어 했다고 한다. 한 달을 낯선 나라에서 보내는 캠프는 아이패드에 비하면 당시의 나에게 상이 아니라 벌처럼 느껴졌던 것 같다. 이때만 해도 나는 정말 내향적이고 소심한 성격이라 모르는 사람들밖에 없는 낯선 나라에 가는 게 두렵기만 했다.

공항에서 낯선 선생님 손을 잡고 가는 장면이 기억난다. 부모님과 헤어질 때 울음을 터트리기도 했다. 그렇게 필리핀에 도착했다. 캠프는 리조트처럼 생긴 큰 건물에서 진행됐다. 숙소는 방마다 아이들 4명과 보호자 필리핀 선생님 1명이 배정되었고, 층마다 한국인 선생님이 계셨다. 아이들과 원어민 보호자 선생님 간에 대화가 잘 통하지 않아서 그나마 영어를 잘했던 나는 열심히 통역을 담당했다.

캠프에는 원어민 선생님과의 1대1 수업, 반별 토론과 문법, 만들기 수업 등의 구성이 있었다. 내가 있던 반은 5명만이 속한 작은 반이었다. 그래서 오히려 반 친구들과 친해지기 쉬웠고 적응도 수월했다. 캠프가 끝날 즈음에는 서로가 정말 친해졌다.

캠프를 마주하기 전의 두려움은 막상 겪어보니 미지의 세계에 대한 두려움일 뿐이었다. 우리를 신경 써주시는 선생님들이 계셨고 또래 친구들이 있었다. 나는 터트렸던 울음과 부모님의 우려가 무색할 정도로 빠르게 적응했다. 원어민 선생님들과 하는 1대1 수업을 무척 즐겼다. 정해진 교재를 수업 내에 빠르게 풀고 나면 시간이 남곤 해 선생님들과 다양한 얘기를 했다. 퀴즈를 풀기도 하고 생활이 어떤지 대화를 나누기도 했다. 영어를 듣고 읽은 적은 많아도 말해 본 적은 이전까지 거의 없었는데, 말이 한번 트이고 나니 수월하게 대화를 할 수 있었다. 1대1 수업 외에도 팀별 토론 수업, 만들기 수업 등 다양한 구성이 준비되어 있었다.

부끄러운 기억도 있다. 원어민 선생님이 진행하던 다른 수업들과 달리 한국인 선생님이 진행하는 수업이 하나 있었다. 바로 문법 수업이었다. 나는 책이나 만화 등으로 영어를 배워서 문법 개념을 공부해 본 적이 거의 없었다. 우리 말에서 동사의 활용을 고르라고

하면 문법적인 설명보다도 언어적 직관을 통해 답을 고를 수 있듯 문법 문제가 나온다면 풀 수 있었지만, 문장의 형식이나 주어, 동사, 목적어와 같은 개념을 전혀 몰랐다. 첫 수업을 들어갔는데 다른 친구들이 당연하다는 듯이 대답하는 것들을 나는 하나도 답할 수 없었다. 칠판에 적힌 문법 단어는 나에게 외계어였다. 나름 스스로 영어를 잘한다고 생각했는데, 남들이 아무렇지 않게 알고 있는 문법 지식을 전혀 모른다는 당혹감이 엄청났다. 갑자기 서럽게 울기 시작하는 나에게 선생님이 뭐가 문제인지 물으셨고, 나는 문법 개념을 하나도 모른다고 답했다. 그렇게 다음 날부터는 기초 문법반에서 비교적 부담 없이 문법 수업을 들을 수 있었다.

주말마다 말하기 대회가 있었다. 하나의 주제가 정해지고 수업 중에 발표 자료와 대본을 준비해서 대회에 참가했다. 사람들 앞에 나서서 말해본 경험이 이전까지 많지 않았는데, 자신감이 붙어있던 나는 많은 대회에서 높은 상을 받았다. 대본을 준비하고 발표를 구성하는 과정에서 고양감을 느꼈다. 즐겁고 벅차오르는 기분이 들었다. 이 기분은 고등학생이 되어서야 다시 느낄 수 있었다.

한 달은 의외로 긴 시간이었다. 학교와 다르게 24시간을 함께 하는 캠프이다 보니 사람들과 정도 많이 쌓였다. 마지막 밤에는 파티 비슷한 마무리 행사가 있었다. 각종 수상이 끝나고 서로가 마지막 인사를 나눴다. 나와 우리 방은 베스트 룸메이트 상을 받았다. 눈물을 흘리는 사람들도 많았다. 우리 방을 담당하던 원어민 선생님도 눈물을 흘리며 마지막 인사를 전하셨다. 서로 축하와 함께 마지막의 아쉬움을 표현하던 이 밤이 나는 무척 기억에 남는다. 모두가 마지막 인사를 할 때 나왔던 노래의 가사를 기억했다가 한국에 돌아와서 찾아 듣곤 했다. 이 노래를 들으면 아직도 이때를 떠올릴 수 있다.

시간이 훨씬 지나고 나서야 이때의 경험이 당시에 내게 다가온 정도보다 값졌다는 사실을 깨닫는다. 한국의 영어 교육은 주로 수능이나 어학 능력 자격증 취득을 목적으로 이뤄진다. 세계 공용어이기 때문에 언어를 공부하는 게 아니라 교육이 주는 사회적 경쟁 우위를 위해 기술을 연마하는 느낌에 가깝다. 언어로서의 종합적 역량보다는 영어로 된 지문을 읽고 문제를 푸는 독해 능력에 초점이 과하게 집중되어 있다. 실제로 교육과정에서 초등학교 3학년부터 영어를 배우기 시작해 고등학교까지 10년의 영어 교육을 받는 데에 비해 영어를 말하고 듣고 쓰는 능력은 독해에 비해 한없이 부족하다.

부끄럽게도 대부분의 우리나라 학생은 학교에 다니며 우리말의 문법과 언어를 공부하는 시간보다 영문법을 공부하는 시간이 훨씬 더 길다. 우리 말의 문법적 오류는 명확하게 설명하지 못해도 영어에서 문법 개념은 달달 외우는 경우를 흔치 않게 볼 수 있다.

나는 좋은 기회 덕분에 한 달 동안 해외에서 캠프를 다녀올 수 있었지만, 모두가 이런 경험을 할 수 없다는 사실은 안타깝다. 대학 등록금보다 비싼데도 경쟁이 치열한 영어유치원이나 여러 과열된 영어 교육시장을 보며 무엇이 진정한 교육인지, 교육 불평등과 격차를 어떻게 해소할 수 있을지 고민하게 된다. 단순히 경쟁에서 밀리지 않고 뛰어들 수 있게 만들기 위한 교육 격차 해소는 표면적인 불평등을 줄이겠지만 본질에서 벗어난 교육의 목적을 전환하는 데는 도움이 되지 않을 것이다. 지식 전달을 넘어 다양한 체험과 활동의 기회를 통해 개인의 내적인 성장을 더욱 돕는 것이 궁극적으로 교육이 나아가야 할 방향이라고 믿는다. 캠프의 경험은 나에게 새로운 종류의 교육이었고, 분명한 성장의 기회였다.

나중에 학교를 세우거나 나의 방식으로 학생들에게 영어를 가르칠 일이 생긴다면, 나는 언어로서 영어를 배울 수 있는 교육과정을 만들고 싶다. 캠프에서의 경험은 이 교육과정을 만들 때 도움이 될 것 같다. 외국어 공부의 가장 큰 이점은 하나의 언어를 더 구사함으로써 더 넓은 세계에 접근할 수 있게 됨이라고 생각한다. 독해와 문법, 문제 풀이에만 집중하지 않고 듣기와 말하기를 포함해 하나의 언어를 가르친다면 시간과 노력은 더 들 것이다. 하지만 학생들은 확실하게 도움이 되는 방식으로 영어를 배우게 될 것이다. 영어를 언어로써 구사할 수 있게 되면 영어를 도구적으로 요구하는 시험과 자격증에서도 좋은 결과를 얻을 수 있다.

한글이라는 글자를 배우고 자연스럽게 한국어를 배우듯, 영어 또한 환경에 노출되며 학습하는 환경을 만들어 보고 싶다. 쉬운 책이나 만화 등을 통해 거부감 없이 영어를 접하는 기회를 만들어 부담감 없이 쉽게 배움을 행할 수 있었으면 한다. 어떤 방식으로 교육자의 자격으로 교육을 제공할지 아직 명확하지 않지만, 언젠가 이런 캠프처럼 내가 받았던 좋은 기회를 제공할 수 있는 교육자가 되고 싶다.

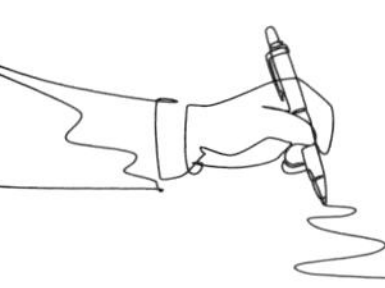

열일곱, 책을 읽었다

나는 일반고등학교로 진학했다. 고등학교 진학에서 나는 주체적인 역할을 하지 않았다. 연년생인 누나가 진학한 자사고에서 학교의 독단적인 운영에 크게 고생하며 어머니는 차라리 나를 일반고등학교에 보내는 편이 낫다고 생각하셨다. 그 생각에 이견 없이 따랐다. 원래도 속으로는 경쟁이 심하다는 특목고보다 친구들이 많은 일반고등학교에 가고 싶었지만, 부모님을 설득할 자신은 없었다. 부모님이 두려워서가 아니라 스스로 삶을 책임지고 계획할 의지가 없었다. 어찌 되었든, 결국은 내가 더 선호했던 대로 일반고등학교에 입학했다.

열대 지역의 야자수처럼 생긴 종려나무가 양쪽으로 펼쳐져 이국적인 분위기가 나는 고등학교의 특이한 등굣길은 아직도 선명한 기억으로 남아있다. 새로운 교복과 친구들. 새 환경에 어느 정도 적응하고 나니 중학생 때는 실행에 옮기지 못했던 책 쓰기를 해야겠다는 생각이 들었다. 교육을 바꿀 책을 쓰려고 보니, 나에겐 지식도, 글쓰기 능력도, 경험도 없었다. 누구나 말할 수 있는 교육의 문제점

따위를 적는 건 의미가 없을 터였다. 나는 교육학의 전문가가 아니었다. 그래서 학생의 입장에서 쓴 글이라는 특별함으로 재치 있으면서도 논리적인 에세이를 쓰고 싶었지만, 책 한 권을 만들어 낼만한 사고의 축적이 없었다.

책을 쓰기 위해서는 먼저 책을 읽어야 했다. 자연스럽게 도서관을 찾았다. 지식을 쌓기에는 책만 한 게 없을 거라는 당연한 생각이었다. 내가 찾아서 책을 읽어본 적은 없지만 도서관으로 향해야 한다는 사실은 너무나 자명했다. 어느 학교에든 도서관이 있어야 한다고 믿는다. 생활하는 공간 반경에 도서관이 있고 책을 접할 수 있다면 그만큼 성장의 기회도 늘어난다. 처음 책을 집었을 때는 몰랐지만 지금은 확신할 수 있다. 개인의 내적인 성장을 가장 도울 수 있는 매체는 책이다. 하지만 독서는 강요할 수 있는 행위가 아니다. 자기 자신과 텍스트만이 대면하며 이뤄내는 상호작용에서 주체가 될 수 있는 건 자신뿐이다.

학교 도서관은 학교 건물과 운동장 사이 별개의 건물이었는데, 그 분위기가 좋았다. 시끄러운 교실이나 운동장과 달리 반듯하고 정돈된 분위기가 마음에 들었다. 오직 교육이라는 주제만을 염두에 두고 있었기에 사회 코너로 갔다. 그 안에서 교육 코너를 찾고 모든 제목을 스캔했다. 마음에 드는 제목의 책 몇 권을 골랐다. 그렇게 처음으로 접한 책의 세상은 가히 충격적이었다.

그전까지 내가 알고 있는 세계의 지평은 내가 직접 경험한 삶과 학교와 교과서 속의 내용에서 크게 벗어나지 않았다. 학교 너머의 삶이나 교과서 외의 학문, 나와 다른 사람들의 이야기는 접해본 적이 없었기에 생각이 뻗치지 않았었다. 하지만 세계는 분명 나의 경험보다 넓었고, 내가 문제 삼았던 교육에 관한 이야기가 책 속에 멋진 글로 정리되어 있었다. 사회와 교육에 대한 분석과 통찰과 비판. 다른 나라의 교육과 사회와 문화, 역사와 과학. 책이 열어주는 새로운 세계에 홀린 듯 책을 읽었다. 어렴풋했던 나의 주장이 왜 옳거나 틀릴 수 있을지 논리의 근거를 세웠다. 책을 읽으며 이토록 확실하게 의견을 전달할 수 있구나 감탄했다.

문장이 주는 아름다움에도 매료되었다. 글을 잘 쓰고 싶어졌다. 인문학의 세계를 탐구하고 싶어졌다. 책이 주는 배움을 통해 더 나은 사람이 될 수 있겠다는 느낌을 받았다. 교육을 바꾸겠다는 강렬한 목표 의식, 그렇게 찾게 된 책에서 나는 배움의 즐거움을 느낄 수 있었다. 좋은 성적을 받아도 성취감을 느끼지 못했고 좋아하는 게임을 해도 이런 종류의 즐거움은 느낀 적이 없었다. 하지만 책이 주는 즐거움에는 다채로움이 있었고 가능성이 있었다. 지적인 만족은 맛있는 걸 먹고 게임을 할 때 느끼는 만족보다도 크게 느껴졌다.

그렇게 고등학교 3년 동안은 책을 달고 살았다. 압도적으로 많은 책을 읽은 건 아니었다. 하지만 가방에 언제나 한 권의 책을 가지고 다니며 독서하는 행위는 나의 자존심이자 정체성이었다. 그렇게 책을 읽으며 지식을 늘리는 동시에 사고의 폭을 넓혔다.

책은 자신감의 원천이 되어주었다. 나는 더욱 확실하게 교육의 문제를 외쳤다. 각종 대회를 그 창구로 활용했다. 친구들과 영어 UCC 대회에 참가해서 교육제도에 대한 행정재판을 만들었고 독서 PPT 대회에서 공부를 향유하는 법에 대해 발표했다. 그 내용은 책 몇 권 읽고 과하게 확신에 찬 열일곱의 마음만 앞선 어린 시도였을지도 모른다. 하지만 마음은 진심이었고 열정은 확실했다. 대회를 나가기 위해 책을 읽고 글을 쓰며 공부할 때면 힘든 줄도 몰랐다. 내성적인 성격에도 발표에 대한 두려움을 이길 정도의 목표 의식과 성취감이 있었다. 경험이 쌓이며 발표도 자신감을 더해갔다. 사람들과 함께 하나의 목표를 향해 나아가는 경험은 무척 소중하게 느껴졌다. 배움을 나누고 공유하며 성장한다는 감각을 익혔다.

졸업하기 전에 책을 쓰겠다는 확실한 목표를 세웠다. 3년의 시간이 남아있었고 출판은 나를 가장 설레게 하는 꿈이었다. 남들이 대학 입시에 몰두하는 동안 나는 입시를 넘어선 커다란 꿈을 안고 있다는 생각은 혼란스러운 시기의 자아에 커다란 위안이 되었다.

교복 안주머니에 작은 수첩을 항상 가지고 다녔다. 책의 소재를 모으기 위함이었다. 책을 읽으며, 학교생활을 하며 기록할 만한 사건과 떠오르는 생각을 적었다. 정리된 글이 아니라 스치는 생각을 말 그대로 휘갈겼다. 가끔 마음에 드는 내용의 문장을 적을 때면 엄청난 책을 쓸 수 있을 것만 같았다.

독서를 통해 열리던 세계와 더 나은 교육에 대한 열의는 나의 전부처럼 느껴졌다. 나는 언제나 꿈을 꾸고 있었다. 그러나 꿈에서 깨어난 곳에서는 위로를 얻을 수 없었다.

고등학교에 입학하자 본격적으로 대입이라는 목표만을 향하는 교육 안에 들어왔다는 사실을 체감할 수 있었다. 방과 후 보충수업과 야간자율학습이 사실상 강제로 시행됐다. 오후 수업이 끝나면 보충수업을 하고, 저녁을 먹고도 학교에 남아 두 교시의 야간자율학습을 해야 했다. 낮에 교실에서 느낄 수 있는 에너지는 온데간데없고 침묵과 묘한 긴장감 속에서 10시까지 학교에 남았다. 선생님들은 복도에서 야자 감독을 돌며 잡담하는 학생이 없게 했고 교과 학습이 아니라면 독서조차 금지하는 선생님도 계셨다. 10시가 되면 성적순으로 배정된 정독실에서 11시 반까지 또 학교에 있었다.

학원에 가는 날이면 정독실에 가지 않고 12시까지 학원 수업을 듣고 고요한 밤거리를 걸어 집으로 돌아갔다. 내가 사는 동네는 학원이 정말 많았는데, 자정이면 여기저기서 우수수 고등학생들이 쏟아져 나와 집으로 돌아갔다. 차도 별로 지나다니지 않는 시간, 얼굴도 모르는 다른 학생의 가방을 멘 뒷모습에 나는 연민과 동질감을 느끼곤 했다. 그렇게 너무도 긴 하루를 보내면 지친 상태로 집으로 돌아와 잠에 들었다. 몇 시간 뒤면 학교로 등교해야 했다.

책상에 파묻혀 혼자 앓곤 했다. 왜 우리는 자유로울 수 없는지.

성적이 왜 그렇게 중요한 것인지. 그리고 나는 왜 세상을 바꿀 수 없는지. 지나치게 괴로워했다.

나는 중학생 때와 마찬가지로 대입이라는 목표에 공감하지 못했다. 왜 좋은 대학에 가야 하는지, 이렇게까지 많은 시간을 포기하고 고통받으면서까지 공부에 집착해야 하는 이유가 무엇인지 알 수 없었다. 좋은 대학에 입학하는 건 물론 인생에서 중요한 목표가 될 수 있겠지만, 내적인 성장과 진정한 교육에 대한 고민 없이 입시에만 연연하는 교육의 현주소에는 아무도 관심이 없었다. 나와 학생들의 삶을 갉아먹는 일상이 당연시되는 사회적 분위기는 분명 상식을 넘어섰다고 생각했다. 하지만 역시 누구도 그 이유를 자세히 설명해주지 않았다.

그리고 어느 시점부터 나는 이미 어떤 이유에도 설득될 생각이 없을 상태였다. 친구들은 교육이 잘못된 부분이 있는 건 맞지만, 어쩔 수 없다. 현실이 원래 그렇다고 말했다. 그러나 순응은 이 시기 내가 가장 받아들일 수 없는 관념이었다. 변화의 가능성을 믿지 않으면 무엇도 말할 수 없다고 믿었다.

공부에 흥미도 뜻도 없는 친구들이 억지로 학교에 남아 괴로워하는 것도, 공부를 잘하는 친구들이 등급에 연연하고 생활기록부 얘기를 하는 것도 싫었다. 일상에서 위안을 주던 건 성적을 위한 교과 공부가 아닌 그 자체로 의미 있는 독서를 통한 인문학 공부와 교육을 바꿀 책의 꿈을 이루기 위한 글쓰기였다.

교육의 문제를 본격적으로 고민하면서 나는 조금씩 고립되어 갔다. 대입이라는 하나의 목표 아래에서 돌아가는 모든 일들을 이해할 수 없었다. 누구도 나를 이해할 수 없다고 생각했다. 외부에서 의미를 찾을 수 없자 책이나 생각을 통해 스스로 자아의 정체성을 확립하고 의미를 부여하기 시작했다. 더 넓은 세상을 보며 변화를 만들겠다는 생각에 사로잡혔다. 내가 옳고 세상이 틀렸다고 믿었다.

그러나 글은 잘 써지지 않았다. 책 한 권을 완성하려면, 뼈대를 확실하게 구성한 뒤 한 편씩 차근차근 완성된 글을 모아야 했다. 책의 제목을 정해보고, 구성을 짜보는 데 시간을 과하게 썼다. 완성된 글을 써내지 못하고 이 주제 저 주제로 짧은 생각의 흐름만을 전개하고 지우기를 반복했다. 기대에 비해 초라한 결과물은 받아들이기 어려웠다. 진정으로 중요한 문제에 대해 홀로 고민한다는 외로움과 할 수 있는 게 없는 무기력, 글쓰기 능력에 대한 회의. 출판을 토대로 교육을 바꿀 수 있다는 막연한 희망을 품었다가 아무것도 아닌 자신 앞에서 무너지고 다시 꿈꾸기를 반복했다.

커다란 고민과는 별개로 학교생활은 잘하고 있었지만, 그 가치를 인정하지 않았다. 수업을 열심히 듣고, 좋은 성적을 받고, 여러 대회에서 수상도 했다. 하지만 스스로 효능감을 잘 느끼지 못했다. 정말 중요한 분야의 성과가 아니라고 여겼다. 항상 완벽주의 성향과 더불어 각박한 기준을 내세웠다. 그럼에도 자신감이 약하고 무기력한 태도를 가진 나에게 담임 선생님은 많은 격려를 보내주셨다.

교육을 바꾸겠다는 꿈과 출판에 대한 의지는 분명히 안에서 자라나고 있었지만, 이것을 삶의 방향으로 삼아야겠다는 생각은 피어나지 않았다. 꿈은 너무나 막연했고, 책을 내는 것 외에 어떻게 교육을 바꿀 수 있는지 방법을 알지 못했다. 부모님은 내가 의대에 가기를 원하셨고 나는 마땅히 내세울 대학 진학의 방향이 없었다. 그러나 나는 의사가 되고 싶지 않았다. 사람을 살리는 일은 중요하고 멋진 일이지만, 사회적 차원에서 사람과 사람 사이의 인문학을 배우고 싶었다. 넓은 범위에서 사회에 영향력이 있는 사람이 되고 싶었다. 그러나 어떤 직업을 가져야 하는지, 무엇을 배워야 하는지 몰랐다.

이 불일치가 언젠가 해소되어야 하는 격차라는 사실을 알고 있음에도 나는 스스로 운전대를 잡지 못했다. 나의 꿈이 거대하고 추상적이라는 사실도 알고 있었지만, 삶을 스스로 이끌어 본 적이 없었다. 내가 좋아하는 책의 작가처럼 인문학을 배우거나 사회나 교육을 배우고 싶다고 어렴풋하게 생각했다. 그러나 경험이나 고민의 기회가 주어지기도 전에 나는 생활기록부에는 진로 희망을 기재하고, 문과와 이과 중에서 하나를 선택해야 했다. 부끄럽지만, 부모님의 말씀을 맹목적으로 따랐다. 속으로는 인문학과 사회를 배우고 싶었다. 하지만 생활기록부만 보면, 나는 의사라는 직업을 희망하는 자연과학 공부를 희망하는 학생이 되었다.

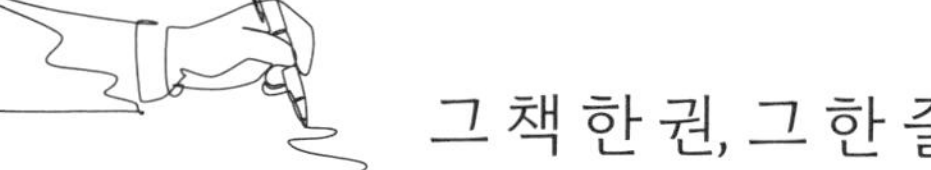

교육이 잘못되었고 변화를 만들고 싶다고 생각하며 곧바로 떠올린 방법은 책을 내는 것이었다. 어렸을 때부터 영어로 된 소설책을 많이 접했지만, 독서가 취미라고 생각한 적은 없었다. 다만, 책은 사람들이 신뢰하는 매체라고 생각했다. 특별한 기술이 없는 마당에 글쓰기는 누구나 쉽게 할 수 있다고 생각했기 때문에 책이라는 방법을 떠올린 일은 이상하지 않았다.

생각해 보면 어렸을 적 집에 책이 정말 많았다. 부모님이 읽으시는 책도 있었지만, 누나와 나를 위한 책이 많았다. 《Why》 시리즈와 같은 학습만화, 짧은 명작 그림책, 역사책 등. 독서 자체를 즐기지는 않았지만, 이 중에는 분명 대여섯 번은 읽었던 좋아하는 몇 권의 책이 있었다. 주말이면 가족과 도서관에 자주 갔던 기억이 나는데, 만화책 코너의 위치만 정확히 기억나는 걸로 보아 역시 책과 친하지는 않았지만, 도서관이나 책이 낯설지만은 않았다. 그러나 역시 소설이나 만화책이 아닌 책을 읽어본 기억은 없었고, 다른 장르의 책은 딱딱하고 어려울 거라고만 생각했었다. 그리고 시간이 흘러 고등학생이 된 나는 책을 써서 세상을 바꾸고 싶다는 마음을 먹었다.

그렇게 처음으로 책을 읽었다.

너무 어려운 책을 고르지 않았고, 독서에 흥미를 붙일 수 있었다. 나와 세상을 연결할 수 있는 모든 분야가 흥미롭게 다가왔다. 사회, 심리, 역사, 철학, 과학, 문학 등 어떤 주제도 새롭고 놀라웠다. 교육 분야의 책을 읽다 보니 사회 관련 책을 읽게 되고, 사회 분야는 역사와 연결되는 식으로 관심 분야를 넓혀갔다. 인문학에서 중요한 내용은 비슷한 분야의 책을 읽을 때 여러 번 등장하며 조금씩 머릿속에 심어졌다.

예를 들어 이데올로기라는 단어를 처음 보았을 때는 그 설명을 읽어도 무슨 뜻인지 잘 이해가 가지 않았지만, 여러 상황 속에서 단어를 접하며 자연스럽게 뜻을 익히게 되었다. 철학은 유독 다른 분야보다도 놀라움을 제공했다. 내가 깊은 고민 끝에 내린 결론이나 생각의 흐름은 대부분 훨씬 더 정교한 학문으로 정리된 경우가 많았다. 더 나은 삶을 위한 주체적인 인간의 선택이라는 이 책의 전체적인 주제에 맞닿아 있는 나의 이상도 실존주의와 같은 철학을 공부하며 더욱 구체화할 수 있었다.

책을 통해서 지식 조각뿐만 아니라 사고의 방식도 배울 수 있었다. 상황을 객관적이고 과학적으로 분석하는 능력이 생기고, 사고의 근거로 삼을 수 있는 도구가 늘어났다. 과학을 배우며 우리 주변의 물질세계를 좀 더 이해할 수 있었다. 철학을 배우며 상황을 분석하고 논리를 찾는 습관을 만들 수 있었다. 앎을 통해 세계를 더 높은 해상도로 바라볼 수 있게 되는 일은 지적 호기심을 채워주며 커다란 만족감을 주었다. 다양한 종류의 배움을 통해 세계에 대한 이해를 넓히는 행위는 지적인 즐거움과 자신감을 가져다준다.

책의 종류는 독서의 효과를 한 가지로 일반화하기에 너무나 다양하지만, 꾸준한 독서는 반드시 우리를 더 나은 삶으로 이끈다고 믿는다. 독서하는 내용과 더불어 그 행위 자체가 우리에게 작용하는 방식 때문이다. 우리의 사고는 언어의 세계를 벗어나지 않는다. 사고는 언어를 강화하고, 어휘의 확대 역시 사고의 지평을 넓힌다. 더 넓은 어휘의 사용은 더 넓은 사고의 틀을 의미한다. 독서는 우리의 언어와 사고를 동시에 강화하며 세계의 지평을 넓힌다.

텍스트로부터 의미를 사고하는 과정은 두뇌의 복합적이고 주체적인 활동을 요구한다. 영상 매체에서 시청각적 이미지를 즉각적으로 받아들이는 것과 달리 글자를 읽을 때는 그 의미를 이해하고 연상하기 위해 뇌의 여러 부분이 활성화된다. 영상과 책의 단적인 비교는 의미가 없지만, 둘의 특징은 분명히 다르다. 더 흥미를 끌 수 있고 단번에 의미를 전달할 수 있는 매체는 영상이지만, 장기 기억을 활성화하고 사고의 성숙에 도움을 주는 매체는 책이다. 둘 중 더 발전한 매체는 영상이지만, 우리를 더 발전하게 만드는 매체는 책이라고 생각한다.

그러나 책의 인기는 갈수록 떨어지고 있다. 당장 책의 장점을 설명하고 직접 책을 내려는 나조차도 한창 책을 읽던 때에 비해 독서를 멀리함을 느낀다. 한창 책을 많이 읽던 고등학생 시절에 비해 독서에 쏟는 시간과 에너지가 줄었다. 처음 뭔가를 배울 때 빠르게 성장했기 때문에 그 느낌이 없는 지금 흥미가 떨어지기도 했지만, 그보다는 즉각적인 보상을 주는 자극적인 매체에 익숙해진 뇌가 책에서 얻는 보상에 만족하지 못하는 이유가 큰 것 같다.

특별한 경우가 아닌 이상, 독서는 개인의 삶에서 여가 활동 이상의 지위를 지니기 힘들다. 그리고 같은 여가의 위치에 있는 더 재밌는 디지털 매체들로 인해 자연스레 간편한 재미를 찾게 되고 책을 멀리하게 된다. 맛없는 음식과 맛있는 음식 중에 선택권이 있다면 맛있는 음식을 고르는 것처럼, 빠르고 편하게 큰 자극을 얻을 수 있는 휴대폰을 책보다 먼저 찾게 되는 것이다. 자연스러운 선택이다. 인간은 본능적으로 만족감을 찾는 동물이다. 그렇게 우리는 도파민을 인스턴트로 즐길 수 있게 되었고 노력 없는 보상 회로를 형성하게 되었다.

하지만 쉽게 쾌락을 얻을 수 있는 디지털 기기는 우리의 뇌를 망가뜨리고 있다. 본능적인 선호에 따르는 삶의 방식은 마냥 좋을 수 없다. 지루한 일을 버티게 해주는 도파민 보상 회로가 노력 없이 활성화되면서 노력을 요구하는 일에 집중할 수 없게 된다. 저하된 집중력은 다시 더욱 책과 멀어진 개인을 만든다. 책과 멀어진 개인은 문해력이 약한 사회를 만든다. 의견을 정리하고 논리적으로 제시하는 훈련과 학습이 부족한 사회의 갈등 해결 능력은 약할 수밖에 없다. 독서는 이 악순환을 끊는 좋은 방법이 될 수 있다.

주변에서 책을 읽을 이유를 찾지 못하는 경우를 자주 보았다. 그런 사람에게 독서를 강요해 봤자 의미가 없다. 독서가 아니어도, 그 목적에 공감하지 못하는 채로 하는 행위는 지속가능성이 없다. 하지만 책과 친해지고 싶은 마음에도 불구하고 시작이 어렵게 느껴지는 경우라면 작은 조언을 건네고 싶다. 먼저 몇 번의 시도를 통해 흥미로운 독서 경험을 찾아야 한다. 나는 나의 목표를 위해서 책을 읽기 시작했고 교육과 사회 분야의 책은 나를 사로잡기에 충분했다. 그리고 자연스럽게 독서의 영역을 넓히며 내가 재밌게 읽을 수 있는 책을 알게 되었다.

아무래도 관심 없는 영역에 비해서 집중해서 읽을 수 있는 책이 있기 마련인데, 그 책을 통해 새로운 통찰을 가지게 되거나 지식을 얻으면 사람은 반드시 그 경험을 반복하고 싶어지게 된다. 그렇게 독서에 흥미를 붙일 수 있다. 세상을 이해하게 되는 경험은 개인의 효능감을 올려주기에 삶에서 중요한 역할을 한다. 책은 특히 그 경험을 제공하는 면에서 강점이 있다. 그렇게 한 분야에서 더욱 깊은 이해를 쌓을 수 있고, 흥미가 가는 영역이 넓어지기도 할 것이다.

그리고 책과 친하지 않다면 쉬운 책으로 시작하는 편이 좋다.

긴 글을 읽는 연습이 되어있지 않으면 두껍고 빽빽한 책은 그 인상만큼이나 힘들게 읽힐 것이다. 재미없게 느껴지는 책을 억지로 완독할 필요는 없다. 비교적 쉽게 책장을 넘길 수 있는 소설에 재미를 붙여도 좋고 이해를 위해 쉽게 쓰인 서적으로 새로운 분야에 입문하는 것도 좋다. 간단한 배경지식을 쌓을 수도 있고 읽고 이해하는 습관이 생기면 조금 더 어려운 책에 도전하면 된다. 나는 아직도 많은 고전이 어렵게만 다가온다. 분야별로 꼭 읽고 싶은 권위 있는 고전들이 존재하는데, 첫 몇십 페이지를 넘기지 못하고 책장을 덮은 책이 많다.

소설을 읽으면 구체적인 인물을 통해 구체성 속에서 보편을 찾을 수 있고, 학문적 책은 보편성을 통해 세계를 이해하고 개인의 구체성을 확립할 수 있다. 에세이를 통해서 내가 아닌 누군가가 가진 생각의 흐름을 경험할 수 있고, 시를 통해 글자의 아름다움에 빠져볼 수 있다. 나아가 편식하지 않고 다양한 분야의 책을 탐독한다면 성장은 더욱 넓어질 것이다.

책을 읽는 세상은 좋은 세상이라고 믿는다. 책을 읽는 사람들이 다시 그 생산자가 되어 더 좋은 책을 쓰고, 좋은 책은 누군가에게 성장의 동력이 되는 선순환을 꿈꾼다. 내가 그리는 세상이 마냥 유토피아라고 생각하지 않는다. 어떤 직업을 가지더라도 다양한 종류의 책을 쓰면서 살고 싶고 그 경험을 구체화하여 공유할 수 있는 프로그램을 만들어 세상에 전하고 싶다. 이 책도 누군가에게는 가볍고 흥미로운 독서 경험이 되어 책의 세계에 빠져들게 되는 시작이 되었으면 한다.

고등학생 시절, 책에 관련된 명언을 찾아보다 이런 문장을 만났다.

> 그 하룻밤, 그 책 한 권, 그 한 줄로 인해 혁명이 가능해질지도 모른다.

니체가 한 말이라고 알려져 인터넷에 돌아다니는 문장이었으나, 그 근거를 찾지는 못했다. 아무렴 어떤가, 멋진 문장에서 자신만의 의미를 찾아내는 것도 충분히 의미 있다고 생각한다. 그때도 그리고 지금도 이 문장은 여전히 나의 마음을 울린다. 자신의 좁은 세계를 벗어날 수 없는 처지의 인간이기에 그 세계를 어떻게 만들어갈지는 오로지 개인에게 달려있다. 책으로 인해 가능해지는 내부로부터의 혁명, 독서는 나에게 조용한 혁명이다. 당신에게도 혁명이 가능해지는 순간이 오기를 기대한다.

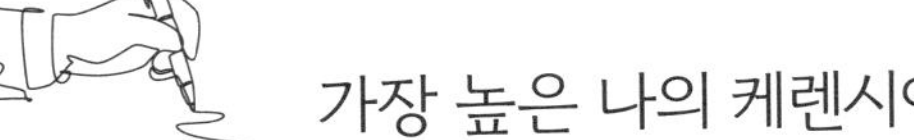

가장 높은 나의 케렌시아

스페인어에는 '케렌시아'라는 단어가 있다. 케렌시아는 투우장에서 소가 투우사와의 마지막 결투를 앞두고 잠시 쉬는 곳이다. 허락된 시간이 길지는 않겠지만, 케렌시아는 오로지 소를 위한 안식처다. 고등학생 시절, 학교는 입시라는 싸움을 강요하는 투우장처럼 느껴졌다. 성적과 입시라는 하나의 가치만이 작용하는 세상 속에서 나에게도 케렌시아가 있었다. 오롯이 나를 위한 시간과 공간이.

인생은 특별한 시간으로만 채워지지 않는다. 우리의 삶에서 대부분을 차지하는 시간은 평범한 하루하루로 이뤄져 있다. 그렇기에 일상은 소중하다. 오늘을 의미 있게 보낸다면 어제도 내일도 의미 있는 시간이 될 수 있다. 하지만 나는 내 일상이 싫었다. 이른 아침에 비몽사몽 학교 갈 준비하는 아침이 싫었다. 해가 천천히 하늘을 가로지르는 동안 교실에서 시험만을 위한 수업을 들어야 한다는 사실이 싫었다. 저녁을 학원과 독서실에서 보내고 밤늦게 잠에 들면 다음 날 일찍 일어나야 하는 상황이 싫었다. 나와 친구들의 일상을 억압하는 교육을 부정했다. 책을 읽으며 세상을 공부했고 더 나은 세상을 꿈꿨다.

하지만 사회를 조금씩 이해하고 통찰은 깊이를 더해가도 일상은 변하지 않았다. 넓은 지구에서 나는 너무나도 작았고, 좁은 세상은 언제나 소음으로 가득했고, 시간은 나를 기다리지 않고 흘러만 갔다. 현실은 비루한 무언가가 되어갔다. 책이 열어주는 지식의 세상이 나를 구원하리라 믿었다. 이상을 품은 나는 배우는 삶을 살고 글을 쓰기로 했다. 몸은 학교와 학원, 집을 돌고 돌아도 머릿속은 구름 위를 걷고 있었다. 몸과 마음, 현실과 이상의 갈등을 완화할 방법이 필요했다. 그 방법으로 나만을 위한 시간과 공간을 만들기로 했다. 그렇게 나는 케렌시아를 찾아 나섰다.

시간은 큰 문제가 아니었다. 마음은 이미 여행을 떠났기에 몸은 어디로든 갈 준비를 마친 상태였고 시간은 자연스레 따라왔다. 거리가 조용해진 새벽이나 한가한 주말의 오전 등. 문제는 공간이었다. 이토록 넓은 세상에 나 혼자만을 위한 공간은 없었다. 학교나 독서실에서는 혼자만의 시간에도 혼자일 수 없었다. 또한, 그 공간은 내가 벗어나고 싶은 세상이 작용하는 공간이었다. 집은 삶이 덕지덕지 묻은 공간이라 특별함을 만들기 어려웠다.

유력한 후보는 내가 바라보는 세상이 담긴 도서관이었다. 하지만 도서관은 사람들이 책을 읽는 공간만은 아니었다. 각종 자격증이나 어학 시험을 준비하는 사람들을 보면 순수한 배움의 즐거움을 얘기하는 것이 철없는 생각으로만 느껴졌다. 삶을 묵묵히 견뎌내는 사람들의 무거운 침묵이 가끔 숨을 막히게 했다. 도심 어디에도 나만을 위한 공간은 없는 걸까. 그러다 번뜩이는 생각이 뇌리를 스쳤다.

사람들은 이곳저곳을 바쁘게 돌아다니지만, 목적 없이 높은 곳으로 올라가지는 않았다. 나는 깨달았다. 나의 케렌시아는 가장 높은 곳에서 나를 기다리고 있었다.

가장 만만하게 찾은 우리 집 아파트 옥상 문은 잠겨있었다. 아랑곳하지 않고 가까운 아파트 옥상으로 갔다. 가장 높은 층에서 내려 한 계단을 오르고 문을 열었다. 해가 고개를 떨구기 시작하는 어스름한 황혼의 시간에 나는 가장 높은 곳에서 세상을 바라봤다. 고개를 들어 탁 트인 하늘을 바라보기도 하고, 아래를 보며 너무나도 작아진 동네를 관찰하기도 했다. 이곳에서 나는 자유로웠다. 옥상을 자주 찾게 될 거라는 예감이 들었다.

수소문과 탐색 끝에 대로변의 주상복합 건물 옥상도 찾아냈다. 여기는 벤치가 있었고 온 동네가 멀리까지 훤하게 보였다. 이 두 옥상을 나는 자주 다녔다. 시간 여유가 될 때, 마음이 복잡할 때 케렌시아를 찾았다. 손가락 마디만큼 작아진 차들로 가득 찬 도로가 보였다. 수많은 사람이 살고 있을 집들이 보였다. 나는 가장 높은 곳에서 도로와 집들을, 사회를 관조했다. 저마다 너무나도 치열한 각자의 삶이 고작 하나의 점으로 보였다. 하나하나의 사람인 나무가 아닌 세상이라는 숲을 보다 보면 마음의 짐을 내려놓을 수 있었다. 눈앞의 고민이 이렇게까지 나를 괴롭게 할 무언가가 아니게 되었고 쓸데없이 무겁게 생각하던 일들이 조금은 가벼워졌다.

나는 케렌시아에서만큼은 쉴 새 없이 복잡한 세상에서 벗어날 수 있었다. 아스라이 빛나는 점이 박힌 하늘을 보며 바람과 별과 시를 생각할 수 있었다. 생각을 정리하고 꿈을 꾸기에 좋은 공간이었다. 마음이 무거울 때면 자유로운 사색을 즐기러 옥상으로 갔다.

옥상을 혼자서 찾기만 한 건 아니었다. 나는 여러 친구와 케렌시아를 공유했다. 친구와 함께 어딘가를 간다고 하면 보통은 이 장소가 제공하는 활동에 목적이 있다. 밥을 먹거나 게임을 하거나 뭔가를 사거나. 나의 케렌시아는 장소만으로 목적을 제공하지는 않았다. 나의 케렌시아는 세상을 바라보는 새로운 시각과 자유로운 시공간을 제공했다. 여기서는 누군가와 생각을 나누며 같은 곳을 바라볼 수 있었다.

아무것도 할 게 없었지만, 무엇이든 할 수 있었다. 십년지기 친구들과는 어릴 적 다니던 골목길과 사라진 가게를 이야기하며 추억을 떠올렸다. 케렌시아는 과거를 되살렸다. 함께 삶의 생각을 나누던 친구와는 지루한 일상의 무게를 견뎌내는 인내를 토론했다. 케렌시아는 세상을 보여주었다. 인문학을 나누던 친구와는 배움이 없는 대학과 포기하고 싶지 않은 낭만을 고민했다. 케렌시아는 회포를 나누며 이야기를 나눌 공간을 기꺼이 자처했다.

우리는 각자 치열함을 안고 살아가는 투우를 한다. 수많은 투우사를 향해 돌진해야 하고 수많은 다른 소들과 경쟁하곤 한다. 전쟁터를 살아가는 우리에게는 케렌시아가 필요하다. 나는 가장 높은 곳에서 나의 케렌시아를 찾았다. 세상을 한 발짝 뒤에서 볼 수 있는 케렌시아에서 나는 스스로와 많은 대화를 나눌 수 있었다. 사는 게 힘들고 서글퍼지는 어느 날에 나를 기다리는 케렌시아를 찾을 수 있다는 사실은 힘든 시기 나에게 큰 위안이 되었다.

옥상이라는 공간의 특성으로 인해 일어난 웃지 못할 사건도 있었다. 내가 찾던 아파트 옥상은 친한 친구가 살던 아파트였는데, 옥상을 올라가던 어느 날 친구의 아버지를 엘리베이터에서 만났다. 최근에는 뵌 적이 없었지만, 어렸을 적부터 몇 번 뵈어 얼굴이 익숙했다. 먼저 얼굴이 익숙하다고 아는 체를 해주셔서 나는 친구의 이름을 말하며 인사를 드렸다. 여기에 살지도 않고, 친구를 보러 온 것도 아닌데 무슨 일이냐고 물으셨을 때 나는 사실대로 생각이 많아서 옥상에 간다고 대답했다. 친구의 아버지는 더는 묻지 않고 내리셨다. 그날은 유독 바람이 차가워 옥상에 오래 있지 않고 내려왔다.

그리고 집에 도착해서 친구의 연락을 받았다. 친구의 아버지께서 내가 걱정되어서 가족들을 데리고 옥상에 다녀오셨다는 것이다. 다행히 내가 그 아파트 옥상을 다닌다는 사실을 알고 있던 친구가 상황을 정리할 수 있었다. 우울해 보이는 표정을 하고 생각을 정리하러 옥상에 올라간다는 사람을 나라도 걱정했을 것 같다.

성인이 되고 난 후에는, 나의 케렌시아라고 부를 만한 공간이 없었다는 사실을 문득 생각하게 된다. 전과 달리 자취를 하며 혼자만의 공간이 생겨 그럴 필요성을 느끼지 못했는지도, 아직 그런 공간을 찾지 못한 걸지도 모르겠다. 동시에 전보다는 고독하지 않다는 사실을 깨닫는다. 고민이 생기면 털어놓을 친구를 찾는 일을 마다하지 않는다. 혼자 생각하고 싶을 때면 산책과 함께 사색을 즐긴다. 마음이 안정을 찾을 수 있는 케렌시아는 특정한 공간이 되기도 하지만 노래를 들으며 걸을 때는 어떤 곳도 될 수 있고, 좋아하는 일을 하는 시간이 되기도 한다. 삶의 무게에서 벗어나, 오롯이 자신과 마주할 수 있는 당신의 케렌시아는 무엇인가?

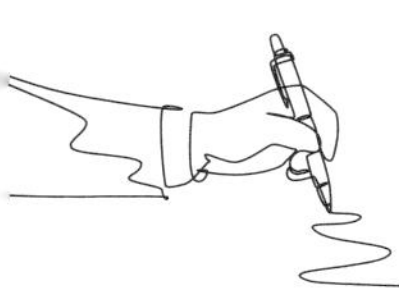

열여덟, 성장을 도모했다

고등학교 2학년이 되었다. 학기 초 반장 선거에서 나는 반장 자리는 부담스럽게 느껴져 부반장을 희망했다. 반장과 부반장 입후보를 따로 하기로 정해지고서야 부반장 선거에 출마했다. 나서는 성격이 아니었던 나는 기회가 있어도 대표의 자리를 항상 피해왔다. 대표의 자리가 주는 무게는 내가 만들어 낸 환상에 가깝고 실제로 주어지는 부담은 상상만큼 크지 않다는 사실은 이때 알게 되었다. 오히려 책임은 쉽게 할 수 없는 헌신의 가치를 체감하는 경험을 제공했다.

이후로 나는 책임을 짊어지게 되는 자리를 막연한 두려움에 마다하지 않게 되었다. 필요한 상황에서 집단을 이끌어 갈 수 있는 용기와 능력을 쌓을 수 있게 되었다. 열여덟의 나는 많은 대화를 시도했고, 친구를 사귀었고, 자아를 확립하는 기억에 남는 일들을 여럿 경험했다. 지나간 학창 시절에 대한 그리움인지는 모르겠지만, 열여덟은 나에게 가장 빛나던 시기의 마음을 떠올리게 한다.

2학년 반은 모두가 두루두루 친했다. 하나의 반은 보통 몇 개의 무리로 나뉘고 서로 섞이지 않는 무리가 있는 경우가 보통이다. 하지만 이 해 우리 반은 유독 모두가 친했다. 단합이 잘 되고 반 분위기도 좋았다. 같은 반을 넘어 다른 반에서도 친구를 많이 사귀었다. 이 해를 기점으로 사교성이 크게 발현되었다고 느낀다. 내 생각에 세상을 바꾸기 위해서는 누군가를 설득하는 기술이 필요했고 조리 있게 말하는 능력이 필요했다. 의지가 기회를 만나 성격으로 발현된 것인지, 본성이 사춘기와 함께 발현된 것인지는 여전히 모르겠다. 나는 여전히 내향적이었지만 외성적인 성격이 되었다. 관심사는 여전히 내면의 자아 세계를 향하고 있지만 사람들과 제법 잘 어울리는 성격을 가지게 된 것이다.

나는 책에서 읽고 감명받은 부분이나 내가 가지고 있는 생각을 반 친구들과 많이 나눴다. 주로 교육에 관한 내용이었다. 대안을 제시하거나 자세한 분석을 정리하지도 않았기에 그럴듯한 말로 문제 상황을 지적하기란 어렵지 않았다. 얕은 식견이지만 가끔은 감탄을, 공감을, 반박을 받았다. 나의 말에 경청해 주는 친구들 덕분에 사고하고 생각을 정리하는 일은 더욱 즐거워졌다.

수업 시간에도 학문적 호기심에 많은 토론이 열리곤 했다. 시험 점수만을 바라보지 않고 학구열에 눈을 반짝이는 친구들과 의견을 나눌 때면 수업 시간도 즐거웠다. 다만 그러한 토론에 모든 반이 참여할 수는 없었다. 학업 성취가 달랐고, 관심사가 달랐다. 가끔은 진도가 늦어지고 몇 학생들을 중심으로만 수업이 진행되기도 했다. 그런 부분에서는 좋은 교육이 구성원의 학습 차이를 어떻게 포용해야 하는지 고민했다.

사고와 말하는 능력이 트이며 각종 교내 대회에서도 두각을 드러냈다. 토론 대회에서 우승했다. '어떻게 삶의 풍요로움을 찾을 것인가?'라는 주제는 내가 항상 고민하는 나의 삶 그 자체였다. 각종 발표와 말하기 대회에서 행복을, 교육과 성장의 삶을 주장했다. 여러 대회를 나가며 받은 상장은 분명 성취감을 주었지만, 그보다도 프로젝트를 준비하면서 협업하는 과정이 즐거웠고, 발표와 질의를 통해 성장하는 사유의 시간이 무척이나 의미 있게 느껴졌다. 친구들과 하나의 목표를 향해 나아가는 과정은 충만감을 주었다. 사람들 앞에서 말하고 누군가를 설득하는 일은 내게도 동기부여가 되었다.

고등학교에 다니며 정말 많은 대회에 참가했다. 생각이나 관점을 전할 수 있는 자유 주제나 인문 분야의 대회를 준비하며 특히 열정이 끊이질 않았다. 성장을 몸소 체감할 수 있던 시기였다. 다양한 분야에 걸친 학문적 탐구와 토론을 즐기는 모습에 '호크라테스'라는 별명이 붙었다. 썩 기분이 나쁘지 않았다.

생각은 확고해지고 행동력과 목소리는 커졌다. 자신감 있던 이 시기에 나는 학교에 어떤 변화를 실제로 가져오게 되었다. 2학년 1학기에도 어김없이 1학년 때와 같이 방과 후 수업은 암묵적으로 강제되었고 야간자율학습도 마찬가지였다. 그러나 1학기 중간 교육감이 바뀌면서 시 전체에 방과 후 수업과 야자를 자율화하는 분위기가 형성되었다. 2학기 초, 실제로 주변 학교들은 강제 방과 후 수업을 폐지하고 있음을 학원에서 친구들을 통해 들었다. 정치적 진영 논리와는 별개로, 나는 방과 후 학습과 야간자율학습은 자율화되어야 한다고 믿었다. 자율성을 보장하지 않는 학습은 개인을 성장시키는 공부가 될 수 없다. 의지가 아닌 강제성에 의해 의자에 앉아있는 시간을 늘린다고 해서 성적이 오를 리는 없다. 설령 그렇다 하더라도 학생은 자신의 삶을 계획하고 통제할 수 있다는 관념과 그 경험을 잃어버리게 될 것이다. 우리는 수많은 선택을 하고 그에 맞는 책임을 진다. 선택 그 자체가 삶이고 책임을 통해 선택은 공부가 된다고 믿는다.

그리고 2학기에도 어김없이 형식에 가까웠던 방과 후 학습 신청 안내문이 나왔다. 나는 우리 반 친구들에게 내 생각을 말했고 대화를 나누었다. 어떤 손해 없이 방과 후 수업을 정말 자율적으로 선택할 수 있다면 신청하지 않겠다는 친구들도 제법 많았다. 학년 전체에서 두어 반 정도가 방과 후 수업을 신청하지 않는 분위기였다. 하지만 방과 후 수업 시간에 진도를 나갈 수 있으며 추가로 방과 후 수업을 듣지 않는 반은 시험에서 불이익이 생길 수 있다는 말을 들었다. 방과 후 시간에 시험과 관련된 내용을 가르치면 안 된다고 얼핏 들었지만, 별수 없이 우리는 꼬리를 내리고 방과 후 수업에 참여하는 쪽으로 결정을 내려야만 했다.

그즈음 학생 회의에 참여했다. 한 1학년이 방과 후 학습을 희망하지 않는 반은 자습할 수 있는 환경을 제공해 달라는 의견을 냈다. 방과 후 자율화는 충분히 주장할 수 있는 권리라는 생각이 들었다. 나는 다시금 의지를 다졌다. 학생회장과 함께 움직이며 먼저 설문조사를 했다. 각 반을 돌아다니며 방과 후 학습을 신청한 이유, 불이익이 없다면 신청하지 않을 것인지, 야간자율학습 참여 의지 등을 물어보았다. 우리가 내린 결론은, 방과 후 학습이 선택이 아닌 강제성에 의해 진행되고 있다는 것이었고 불이익이 없다면 자율화를 원하는 학생이 많다는 것이었다. 야간자율학습도 마찬가지였다.

재조사를 염두에 둔 안내문을 직접 만들어서 방과 후 수업 담당 선생님께 상황 설명과 함께 가져다드렸다. 우리가 만든 안내문이 그대로 쓰이지는 않았지만, 재조사가 이뤄졌고 이번에는 모두가 외부적 압박 없이 자율화된 선택을 했다. 그리고 방과 후 반은 개설되지 않았다. 야간자율학습의 참여가 급격하게 줄었다. 아직도 기억난다. 교감 선생님과 교무부장 선생님이 수업 중에 나와 학생회장을 불러 교무실에서 이런저런 말씀을 하셨다. 방과 후 수업 없이 학업 성취가 어떻게 되고 그에 책임을 질 수 있는지 없는지, 어떤 예산이 어떻고 어떤 문제가 생기는지.

그런 문제에는 내가 도저히 답할 거리가 없었다. 일방적으로 쏟아지던 어른의 말 앞에서 나는 겨우 한두 마디밖에 하지 못했지만 내 견해를 밝혔다. 학생들이 원하는 방향은 자율화였고 그 목소리를 전달했을 뿐이었다고.

내가 한 행동은 나의 치기를 앞세워 학생들의 학업 성취를 저해한 일이었을까? 나는 그렇게 생각하지 않는다. 강제되는 방과 후 수업과 야자가 부당하다고 해서 무조건 없애겠다는 입장을 취하지 않았고, 학생들의 목소리를 들으려고 노력했다. 나는 혼란을 만들기 위해 변화를 주장하지 않았다. 선택을 보호하는 자유를 위해 움직였다. 선택과 책임의 중요성에 관한 생각 또한 확립되어 있었다. 일련의 사건들이 끝나고 방과 후와 야자 문제로 함께 움직인 친구들과 모였을 때, 묘한 벅차오름이 있었다. 어떤 변화를 실제로 이뤄냈다는 사실이 나를 가슴 뛰게 했다. 그리고 앞으로도 이렇게 살아있음을 느낄 수 있는 순간을 만들며 살아가고 싶다고 생각했다.

방과 후 수업과 야간자율학습이 자율화되며 수업이 끝난 학교는 확연히 허전해졌다. 그러나 공간의 허전함과는 대비되는 즐거움과 유대감이 있었다. 억지로 자리에 앉아있는 것이 아닌 무언가에 집중하기 위한 학생들이 학교에 남았고 비교적 감시가 헐렁해져 분위기가 경직되지 않았다. 학교는 조금 더 삶의 공간에 가까워졌다.

열여덟을 회상하면 또 빠지지 않는 기억이 있다. 학교 축제의 중심이 되는 2학년 시기, 우리 반은 반별 축제 무대에 큰 욕심이 없는 분위기였다. 필수였던 오디션 무대를 고민하다가 미적지근한 분위기 속에서 준비를 크게 필요로 하지 않는 리코더 연주 아이디어가 나왔다.

그렇게 대충 무대를 준비하던 중에, 고등학교에 다니며 한 번밖에 없을 소중한 기억을 이렇게 흘려보낼 거냐는 한 선생님의 말씀이 있었다. 나는 그러고 싶지 않았다. 최선을 다하고 싶었고 멋진 추억을 만들고 싶었다. 중학교 3학년, 기타를 조금 배웠었다. 내가 기타를 치겠다고 했다. 드럼과 피아노를 칠 줄 아는 친구도 있었다. 리코더 연주단을 중심으로 밴드를 만들기로 했다. 무대 준비 기간에는 학교에 남아 함께 리코더와 악기를 연습했다. 〈나는 나비〉로 1절을 마치고 분위기를 바꿔 〈그대에게〉를 연주하는 무대를 구상했다. 나는 반장과 함께 연습을 주도하고 무대를 기획했다. 우리 반은 다른 반별 무대와는 차별화된 특별한 무대로 2부의 시작을 알리는 첫 공연을 멋지게 선보였다.

동시에 하나의 무대가 더 있었다. 이 시기 우리 학년에는 선생님들을 따라하는 놀이가 유행처럼 퍼졌다. 학생회장이 몇 명을 불러 복면가왕의 형식을 빌려 성대모사 무대를 해보면 어떻겠냐고 했다. 선생님들의 참여도 확정되지 않은 상황이었고, 노래가 아닌 대사로 진행하는 무대는 재미가 없을 것 같았다. 나는 성대모사를 기반으로 연극을 하면 어떻겠냐고 제안했다. 그렇게 연극 무대의 총책임을 맡게 되었다.

먼저 배우를 섭외했다. 얼추 출연진이 정해지고는 대본을 짜야 했다. 새로운 이야기를 만들기에는 능력도 시간도 부족했기에 모두가 아는 이야기를 빌리기로 했다. 별주부전이 떠올랐다. 따라하는 선생님에 맞게 배역을 정하고 전체적인 줄거리는 별주부전을 따라

가되 중간중간 캐릭터를 살리는 쪽으로 대본을 만들었다. 대본은 막힘없이 술술 써졌다. 살면서 몇 안 되는 일필휘지의 순간이었다. 반별 무대 준비가 끝난 후나 연습이 없을 때 등 있는 시간 없는 시간을 모아서 합을 맞췄다. 축제가 정말 얼마 남지 않았던 어느 날 자정까지 학교에 남아 연극을 준비하고 친구들과 대화를 나누었던 날은 강렬하게 기억에 남는다. 사람들과 함께 하나의 목표를 향해 나아갈 때 느낄 수 있는 고양감은 귀한 경험이자 양분이 되었다.

마지막까지도 최대한 성대모사의 포인트를 잡아가고 대본을 수정하며 무대를 준비했다. 선생님들께 직접 옷을 빌리거나 스타일을 모방한 복장을 갖추고 무대에 올랐다. 무대는 엄청난 호응을 받았다. 선생님을 따라하는 대사마다 웃음이 터져 나왔고 말을 따라하거나 노래를 부르는 등 호응이 필요한 부분에서도 기대 이상의 반응이 나왔다. 무대가 끝나고 우리가 따라한 선생님들과 함께 기념사진을 찍었다.

내가 기획한 무대와 연극이 성황리에 마치는 경험은 큰 성취감을 가져다주었다. 학교는 배움의 공간이자 삶의 공간이다. 그 안에서 주인공이 되어 주체적이고 능동적으로 의미를 찾아 만들어 가는 경험 자체가 좋은 교육이 되고, 그것이 좋은 삶으로 이어진다고 확신하게 되었다. 이때의 기억은 나를 살아가게 하는 가장 충만했던 시기를 떠올리게 한다. 온전히 학교 축제의 주인이 되어 무대를 만들고 즐겼던 이때를 나는 아직도 소중하게 추억한다.

이런 학생 자치 활동과는 별개로 2학년이 되자 입시는 선명하게 그 모습을 드러냈다. 선생님들의 말씀이나 친구들과의 대화는 고등학교 교육의 가장 큰 목적은 대학 입시라는 사실을 떠올리게 했다. 그 사실에 대한 반감은 자연스레 입시에 대한 관심도를 떨어뜨렸고 나는 방어기제처럼 입시에 관한 모든 것을 밀어내려고 했다. 교육의 문제를 외치는 태도와 대학 진학을 준비하는 태도가 모순처럼 느껴졌다. 어떤 대학의 어떤 과에 진학할지 진지하게 고민하지 않았다. 그저 사명감 없이 소득만을 보고 의사가 되고 싶지는 않았고, 세상과 사회를 더 좋은 곳으로 만드는 사람이 되고 싶다고 막연하게 생각했다.

고등학교 2학년 담임 선생님은 잔소리가 많지만 그만큼 아이들을 꼼꼼하게 챙겨주고 입시에 신경을 쓰는 분이셨다. 한편 나는 이 시기에 반골 기질도, 고집도 가장 강했다. 생활기록부 앞에서 갈등이 많았다. 입시에서 수시 전형이 정시보다 비율이 높고, 학교 성적이 좋았던 나는 수시를 준비하는 쪽이 분명히 유리했다. 그러기 위해서는 생활기록부를 신경 쓸 필요가 있었다. 하지만 나는 거짓된 생활기록부가 싫었다. 처음 교육에 문제를 제기하게 된 계기도 중학교에서 고등학교 진학을 준비하며 생활기록부 왜곡을 목격했을 때였다.

가장 문제의식을 가졌던 부분은 세부능력 특기사항 영역이었다. 세부능력 특기사항은 과목별 선생님이 기재하는 영역으로 유독 수시 전형에서 중요하게 본다고 하는 영역이었다. 그리고 이 영역을 기재하기 위해 주로 학기 말 적고 싶은 내용을 학생들이 직접 작성해서 선생님께 드리곤 했다. 수업 중에 했던 활동을 그럴듯하게 포장하거나, 진로 희망과 연관 지어서 거짓으로 활동을 조작하는 경우가 많았다. 선생님들은 성적이 좋은 학생들만 이 영역을 기재해 주곤 했다. 그런 상황이 불공평하다는 의견도 있었다. 솔직하게 말하면, 나는 성적이 좋은 편이었기 때문에 생활기록부 작성에서 분명 특혜를 받는 쪽이었다. 하지만 나는 학생이 자신의 생활기록부에 개입하는 상황 자체를 받아들이지 못했다. 성적에 따른 차등 대우는 분명 문제가 되지만, 그 내용이 생활기록부의 왜곡된 기록이라는 점에 근본적인 문제가 있다고 느꼈다.

모두가 그렇게 한다는 이유로 행해지는 입시를 위한 거짓. 내가 가장 싫어했던 시스템의 모습이었다. 나는 분명 수업 시간에 최선을 다했고, 따라서 세부능력 특기사항의 기록은 각 선생님의 권한에 맡기는 쪽이 옳다고 결론을 내렸다. 담임 선생님은 애가 타셨다. 생활기록부를 챙겨달라고 난리인 학생들도 있는데 나는 대뜸 손을 놓겠다고 했으니 말이다. 버티고 버티다가 마지못해 내가 했던 활동 위주로 몇 가지를 종이에 적었다.

독서 활동도 마찬가지였다. 과목별로 한 권씩 기록하는 편이 좋다는 선생님의 조언과 달리 나는 내가 읽은 책만 기록하겠다고 고집했다. 실제로 독서하지 않고 생활기록부에 도서를 기록하는 친구들과 비교했을 때 나는 내가 읽은 몇 권의 책이 자랑스러웠기에 그 자존심을 지키고 싶었다.

적극적으로 입시를 위해 생활기록부를 채우려고 노력하지 않았지만, 나는 여느 수시 종합전형에도 내세울 수 있을 번지르르한 생활기록부를 갖게 되었다. 일반고등학교지만 여러 활동이 있어 많은 영역이 채워졌고, 무엇보다 담임 선생님께서 성의껏 생활기록부의 많은 영역을 채워주셨다. 반 아이들 대부분의 생활기록부도 정성이 드러나는 글로 채워졌다.

수시 종합전형의 경쟁이나 생활기록부 기재 측면에서 내가 바꿀 수 있는 건 아무것도 없었다. 단지 혼자서 그 과정에 속하길 거부하고 싶었던 게 다였다. 하지만 결국 나는 입시에 비교적 유리한 환경의 학교에서 수시 전형의 혜택을 받아 대학에 갔고 그 과정에서 선생님에게 고생을 안겼다. 내가 지킨 건 신념이 아니라 고집이었는지도 모른다. 교육의 본질이라는 가치에 반하지 않으면서도 갈등하지 않는 방법이 있었는지도 모른다. 확실한 건 당시의 나는 선생님과 필요치 않은 갈등이 너무도 많았다.

3학년이 되기 직전 2월의 짧은 등교 기간에도 그랬다. 2학년 반에는 학생회 소속이 많았다. 그리고 방과 후 자율화를 추진하며 학생회 활동에 흥미가 생긴 나를 포함해서 3학년에도 학생회에 지원하려는 친구들이 많았다. 담임 선생님은 이과는 대학 진학에서 학생회 활동보다 성적이 중요하다고 하셨고 나는 학생회마저 입시를 고려해서 지원하면 어떤 활동을 그 자체의 의미로 할 수 있냐며 다소 강하게 반박했다. 지원에 필요한 담임 선생님의 도장을 받으러 갈 생각이 들지 않아서 학생회에는 지원하지 않았다.

어느 사춘기 소년이 그렇지 않냐며 변명하고 싶지만, 나는 내가 만든 세계에 갇혀 주변 사람들을 힘들게 하곤 했다. 타협하지 않는 고집은 내 자존심을 지켰지만, 관계를 해쳤다. 이때로 돌아간다고 해도 나의 입장은 변하지 않는 부분이 많다. 지금도 다수의 가치 판단은 이때와 같다. 그러나 행동은 달라질 수 있겠다는 생각이 든다. 어른들과 대화를 시도하고, 건설적인 방법으로 생각을 키워갔을 것이다. 심리적으로도 안정을 찾을 수 있었을 것이다. 그러나 과거로 돌아갈 수는 없다. 반성은 앞으로의 삶을 위해 간직하기로 한다. 격정적이던 2학년을 지나, 나는 열아홉, 고등학교 3학년이 되었다.

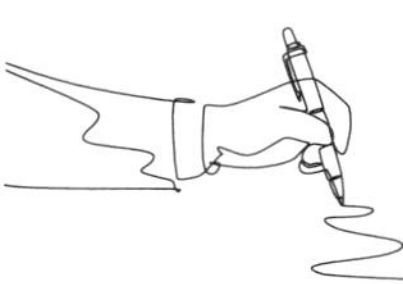

별 하나에 담을 것

우리가 경험하는 교육은 우리에게서 많은 것을 앗아간다. 시험에 매몰된 학습의 과정에서 질리게 되어버리는 수학, 과학, 역사의 학문적 지식. 중요하게 다루지 않음으로써 그 가치에 인색하게 되는 음악, 미술, 체육 활동과 같은 예술. 삶에서 필수적이지만 다루지 않기에 접할 수 없는 철학, 경제, 사회의 현안. 그리고 수업의 방식과 입시에의 맹목에서 비롯되어 체화할 수 없는 비판적 사고와 질문의 습관, 글쓰기와 말하기 경험의 부재. 하나같이 교육의 본질에서 어긋나 보이는 현실을 여전히 개탄한다.

내가 안타깝게 생각하는 잃어버린 가치 중 하나는 문학의 즐거움이다. 문제를 풀기 위한 문학만을 접하고 책을 가까이하기 어려운 환경에서 교육을 받아온 마당에 문학을 온전히 향유하기란 쉽지 않다. 시와 소설을 대체하는 음악과 영화라는 미디어의 발전. 자연스레 책을 읽지 않는 사회. 그럼에도 나는 문학을 말하고 싶다. 언어로 빚은 예술의 가치를 모두가 한 번은 느꼈으면 한다.

여느 아이가 그렇듯 어릴 적 이야기를 좋아했다. 명작소설을 짧은 그림책으로 만든 시리즈가 있었다. 길지 않고 그림이 많아 누가 시키지 않아도 재밌게 읽곤 했다.《지킬 앤 하이드》에서 하이드를 두려워하고,《홍당무》의 주인공을 불쌍히 여겼고,《보물섬》 세계의 모험에 빠지기도 했다. 어머니표 영어 교육법의 일환으로 소설 오디오북을 정말 많이 들었다. 하루에 한 시간 이상 듣는 식의 규칙이 있었는데 내용이 재밌으면 정해진 시간을 다 들어도 이야기에 빠지곤 했다.《해리포터》 시리즈를 포함해 여러 판타지소설을 많이 접했다.

하지만 학교에서 배우는 문학은 그만큼의 즐거움이 없었다. 대부분 짧은 이야기나 소설에서 발췌된 작은 부분을 다뤘고 이야기에 집중하기보다는 작품의 의의, 성격, 인물의 특성에만 주목했다.

아직도 선명한 기억으로 8살, 처음 초등학교에서 시라는 장르를 처음 배우고 집에서 혼자 동시를 만든 적이 있다. 작은 스케치북에 시를 쓰고 그림을 크게 하나씩 그렸다. 주사위를 소재로 한 시에는 반대편에 있는 숫자의 합이 7이라는 내용을, 포도를 소재로 한 시에는 송이송이 맺힌 모습이 가족 같다는 내용을 담았다. 누가 시킨 일도 아니었고 즐거운 마음으로 뿌듯하게 시를 썼었다. 그 후로 시를 본격적으로 써본 기억은 없지만 그때의 순수한 마음은 흐릿하게 연상할 수 있다. 그러나 이후로 이런 순수한 마음으로 문학을 내 손으로 만든 기억은 없다.

중학교 이상의 교육에서는 문학을 본격적으로 분석하기 시작한다. 특히 시를 공부하다 보면 시어와 어미 등에 각종 도형과 형형색색의 선을 그리게 된다. 한 발짝 물러서서 보면 나는 덕지덕지 칠해진 시가 불쌍하게 느껴지곤 했다. 숨기고 있기에 읽을 때 아름다운 함의가 모두 조각조각 드러나 있었다. 물론 문학 시간에 작품 분석의 방법을 배워야 함은 당연하지만, 교육의 종착지가 변별을 위한 시험이기에 문학을 감상하는 교육은 뒷전이 된다.

교과서에도 문학 작품 뒤에 감상을 적어보거나 다른 결말을 만들어 보는 등의 활동이 분명 있다. 하지만 이 부분은 진도가 바쁜 교사에게나 시험을 치려는 학생에게나 무시당한다. 입시를 치르는 학생들에게 문학은 예술이 아닌 과목일 뿐이다.

고등학생이 되고 교육에 문제를 제기하며 수업 시간 중에 가장 큰 문제의식을 느낀 건 항상 국어 시간이었다. 사회나 자연과학은 그 본질이 원리의 탐구에 있다. 그렇기에 논리적으로 틀린 내용을 가르치지 않는 한 배움의 방식이 완전히 틀렸다고 하기는 어렵다. 하지만 문학은 다르다. 문학은 사람과 삶을 이해하고 감정을 느끼며 세상을 대하는 태도를 배워가기 위해 존재한다. 아무리 시어의 유사성을 잘 파악하고 소설 속 소재의 쓰임을 이해해서 문제를 잘 풀어낸다고 해도 그것이 문학의 본질은 아니다.

문학은 순수하게 즐거움을 주기도 하지만 사회를 바꾸고 인간의 감정을 자극하는 높은 수준의 문화다. 역사적으로도 소설가와 시인은 단순한 이야기꾼이 아닌 사회에 목소리를 내는 지식인이었다. 이야기를 통해 자신의 삶을 되돌아보고 조금은 개선된 방향으로 나아가기 위해 작품을 받아들이는 것. 그것이 내가 이해하는 문학의 가치다. 우리가 문학을 주로 만나게 되는 경로가 시험의 지문이라는 사실은 슬프다. 나 또한 문학을 시험에서 만났을 때 가장 일반적인 맥락에서 문제에 접근해 정답을 골라냈다. 하지만 문학의 본질은 문제를 위한 분석이 아닌 삶을 위한 해석에 있다는 사실은 변하지 않는다. 당신이 문학을 수단으로만 여겼다면 소설을 통해 사회를 고발하고 시를 통해 성찰을 강조하던 문학인과 그 정신에 한없이 부끄러워해야 할지도 모른다.

고등학교 2학년, 문학 시간이었다. 시를 배우면 보통 비슷한 주제의 시를 함께 배운다. 두 개의 시를 배웠다. 김수영 시인의 〈어느 날 고궁을 나오면서〉, 김광규 시인의 〈희미한 옛사랑의 그림자〉. 두 시의 공통된 주제는 '소시민적 삶에 대한 성찰'이었다. 언어에 민감한 나에게는 단어만으로도 감정이 유발되는 특수한 어휘가 몇 있다. 이상, 본질 등의 단어는 나를 꿈꾸게 하고 순응, 안주 등의 단어는 나를 움직이게 만든다. 이 시들을 배우며 나는 유독 커다란 감정의 소용돌이를 느꼈다.

〈어느 날 고궁을 나오면서〉에서 화자는 작은 일에는 분개하지만, 큰일에는 나서지 못하는 자신을 자책한다. 〈희미한 옛사랑의 그림자〉는 순수한 꿈을 외쳤던 청년들이 혁명이 두려운 기성세대가 되어 현실에 안주하며 부끄러워하는 모습을 그린다.

담임 선생님이셨던 국어 선생님의 수업을 들으며 나는 끓어오르는 분노를 느꼈다. 내가 느끼기에 이 시들이 전하려는 바는 잘못된 것에 분개할 줄 아는 삶을 지향하자는 메시지였다. 쉽지 않음을 알지만 부끄러워하며 용기를 찾아가자는 것. 그렇지 못한 지금의 모습 혹은 과거로만 남긴 이상적 자아를 회상하는 모습을 통해서 시는 나에게 그렇게 말하는 것만 같았다.

시에서 그려진 내가 절대 되고 싶지 않은 인물의 모습은 나에게 엄청난 경각심을 일깨웠다. '이 시들의 주제는 소시민적 삶에 대한 성찰이다'라고만 짚고 넘어가는 수업은 놀랍도록 시가 외치는 목소리와 반대된 무엇이었다. 나아가 더 무섭게도 아무도 그 사실을 부끄러워하지 않았다. 교육이 성장이 아닌 줄 세우기를 추구하며 문학을 아무도 예술로 받아들이지 않는 수동적인 교실의 모습. 비판 없이 시의 주제를 필기하는 학생들의 모습.

당장이라도 앞으로 뛰어나가 우리의 지금이 시가 말하고 있는 소시민적 삶의 모습이라고 외치고 싶었다. 당연히 그럴 수는 없었다. 대신 노트를 펴서 격정을 유지한 채로 이 역설적인 상황에 관한 생각을 휘갈겼다. 의식이 죽어있는 교실에서 혼자 생명력을 지닌 듯 내적으로 의식이 폭발했던 순간이 아직도 잊히지 않는다.

고등학교 3년 동안 나는 가방에 책 한 권과 시집 한 권을 항상 지니고 다녔다. 이 책은 나의 가방이 교과서나 문제집으로만 채워진 다른 친구들의 가방과 다르게 배움의 본질을 고민하는 사람의 것이라는 자존심의 상징과도 같았다. 책은 항상 바뀌었던 반면에 시집은 단 한 권, 윤동주의 〈하늘과 바람과 별과 시〉였다. 정말 3년 내내 들고 다닌 기간에 비해 시집 전체를 읽은 횟수는 다섯 번 이하였던 것 같다. 하지만 시는 양으로 읽는 게 아니다. 시를 찾고 싶은 기분일 때 언제든 책을 꺼내 좋아하는 시를 찾아 읽었다. 가장 유명한 〈서시〉나 누구나 만나본 적 있을 법한 〈별 헤는 밤〉은 아예 전문을 외워버렸다.

나는 〈별 헤는 밤〉을 무척이나 좋아한다. 모의고사를 풀고 시간이 남으면 큰 종이의 맨 뒷장에 〈별 헤는 밤〉을 필사하곤 했다. 내신 시험만큼은 아니지만 긴장감이 맴도는 모의고사를 치르는 교실의 생경함 속에서 시를 적으면 묘한 해방감이 들었다. 학교 강당에서 늦게까지 축제를 위해 연극을 연습하고 나와 운동장에서 별이 보였을 때 친구들에게 낭송해 준 적도 있다. 훈련소에서 야간행군을 할 때도 시를 좋아하던 동기와 이 시를 읊으며 무거운 발을 뗐던 기억도 난다.

사실 나는 시가 어렵다. 시를 써보겠다고 몇 번이나 생각했지만 도통 시작하지 못했다. 단어 하나하나가 눌러 박힌 응축된 시보다 산문이 받아들이기 쉽다. 가끔 무슨 말인지 이해가 되질 않는 문장들과 그 배치. 그 속에 보석 같은 소박하면서도 아름다운 어휘. 몇몇 시를 보며 문학이 왜 예술이 될 수 있는지 이해하게 된다. 나는 구구절절하게 논리를 풀어서 설명하는 글이 더 오히려 쉽고 산문을 쓰는 게 더 편하다. 그래서 언젠가 마음으로 시를 받아들일 수 있길 바라며 운문의 세계를 동경하기도 한다. 내가 본 사람 중, 시를 좋아하는 사람 중에 아름답지 않은 사람은 없었다. 내가 공명한다고 느꼈던 사람들의 삶에는 예술이 있고 시가 있었다. 나도 언젠가는 많은 말을 줄이고 함축을 익혀 좋은 시를 쓰고 싶다.

시가 조금은 특별한 사람들의 세계로 느껴진다면 소설은 비교적 친근하다. 책은 이제 우리에게 친근한 매체가 아니지만 소설과 친구인 사람들은 여전히 자주 보인다. 나도 책이 잘 잡히지 않을 때 소설을 통해 읽는 재미를 다시 느끼고 독서를 다시 시작하곤 한다. 독서를 처음 시작하고는 인문학에서 자주 언급되는 유명하고 역사적 가치가 있는 소설을 일부러 찾아 읽기도 했다. 하지만 고전이 언제나 깊은 울림을 주지는 않았다.

하나의 예로 군대에서 나는《죄와 벌》을 읽었는데 솔직히 말해서 완독하기가 고역이었다. 내가 좋아하는 작가들이 너무나 강한 감명을 준 책이라고 해서 염두에 두고 있다가 친한 친구의 추천을 계기로 책을 펼쳤다. 그러나 독백은 횡설수설해서 이해하기 어려웠고 인물은 과하게 극적으로 행동했다. 맥락이 이해되지 않았고 설상가상으로 러시아식 이름은 책이 끝나갈 때까지도 눈에 익지도 않았다.

두꺼운 책을 두 권이나 꾸역꾸역 완독하고 나서도 나는 기대했던 복잡한 경험을 받지 못했다.

《멋진 신세계》의 치밀하지 못한 구성이나 《사람은 무엇으로 사는가》의 과한 종교성과 교훈적 특징도 그랬다. 몇 고전은 명성에 비해 나에게는 신선한 충격을 주지 못했다.

좋은 고전도 물론 있었다. 《수레바퀴 아래서》나 《데미안》은 가슴을 뜨겁게 하는 벅차오름을 주기도 했고 《이방인》이나 《인간 실격》은 허무를 통해 인간 삶의 회의를 충격적으로 드러냈다.

내가 좋아하는 한 작가의 말에 의하면 몇몇 고전이 어려운 이유는 이해를 위해 필요한 삶의 경험이 선행되지 않았기 때문이다. 이전에는 이해되지 않았던 책을 이후에는 이해할 수 있게 된 경험에 빗대어 보아 어느 정도 맞는 말인 것 같다. 언젠가 시간이 지나 삶의 이해가 깊어지면 고전을 온전히 감상할 수 있다는 희망을 품는다. 세계 문학 전집을 즐겨 읽는다는 친구에게 고전을 읽는 팁을 물어본 적이 있다. 다른 사람들의 관점을 찾아보거나 시대상에 대한 이해가 도움이 될 거라는 답변을 받았다.

실제로 고전 자체를 읽은 후 다른 책에서 그 내용의 개괄과 의의가 정리되면 고전이 더 친숙하게 다가왔다. 그리고 고전 읽기의 실패를 통해 강박처럼 꼭 고전소설을 읽지 않아도 된다는 사실도 깨달았다. 오히려 사실적인 대화와 구성을 가진 현대소설이 훨씬 몰입력을 지닐 때가 많았다. 무라카미 하루키의 책을 많이 읽었고 잘

읽히는 소설을 가벼운 마음으로 찾았다. 특별한 깨달음이나 통찰을 주지 않아도 된다. 이야기를 즐기기만 해도 그걸로 좋다.

인간이 만들어 낸 허구의 세계를 통해 이야기가 주는 여행. 함축된 언어의 마술도, 인물을 통한 이야기도 좋다. 현대의 시는 음악이고, 소설은 영화라고도 생각한다. 하지만 시에는 멜로디와 음악이 아닌 글자만을 통해 전달되는 원석 같은 아름다움이 있다. 가끔은 아름다운 어휘와 운율을 읽으며 떠오르는 심상을 따라가 보자. 화려하고 흥미진진한 영화만은 못해도 더욱 자세한 묘사와 치밀한 구성을 가진 소설도 꺼내보자. 그리고 느꼈으면 한다. 문학은 삶을 윤택하게 하는 예술이라는 사실을.

내가 사랑하는 시 〈별 헤는 밤〉에는 이런 부분이 있다.

별 하나에 추억과
별 하나에 사랑과
별 하나에 쓸쓸함과
별 하나에 동경과
별 하나에 시와
별 하나에 어머니, 어머니,
어머님, 나는 별 하나에 아름다운 말 한마디씩 불러 봅니다.

희미한 별빛을 보며 가끔 고민한다. 나는 별 하나에 무엇을 담을 수 있을까.

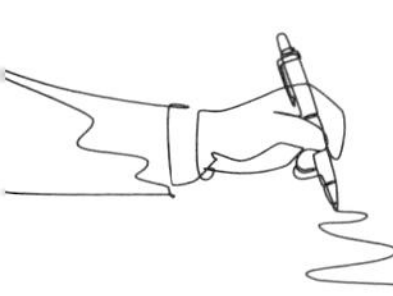

마음과 삶

우리 사회는 마음과 정신건강의 중요성에 관한 인지가 떨어진다고 느낀다. 심리적 문제에 대해 쉬쉬하려 하고 좋지 않은 시선을 던진다. 하지만 우리나라는 유독 행복하지 못한 나라다. 한국 청소년은 OECD에서 행복도 꼴찌를 벗어나지 못한다. 청소년이 아닌 국민의 행복도도 마찬가지다. 자살률 또한 세계에서 손에 꼽을 정도로 높다.

세계적인 수준의 경제와 문화 강국이 된 우리나라지만 행복도에 있어서는 그만하지 못하다. 더 부유하고 강한 나라가 되는 것도 좋지만, 나는 우리나라가 더 행복한 나라가 되었으면 한다. 언젠가는 삶의 만족도와 사회학적인 분석을 곁들여 더 나은 사회를 위한 제언을 해보고 싶다. 반면 이 책에서는 개인에 집중하고 싶다. 사회적 차원에서의 논의가 아닌, 개인의 측면에서 정신과 마음을 제대로 다루는 것에 대해 유독 마음을 챙기지 못했던 나의 경험과 함께 말하려 한다.

나는 어릴 때부터 예민한 성격이었다. 눈물을 한번 흘리기 시작하면 쉽게 멈추지 못했다. 잠도 어찌나 예민한지 쉽게 잠들지 못하기는 물론 작은 소리에도 벌떡 일어나곤 한다. 육체적인 특성뿐만 아니라 정신 또한 예민한 것 같다. 어릴 적에는 혼자서 원체 생각이 많았어도 망상이나 별것 아닌 고민에 불과했다. 열여섯을 지나고부터는 혼자서 거대한 관념과 싸우게 되었다. 교육이 잘못되었다는 생각이 든 이후로는 그 속에 존재하는 것만으로도 스트레스를 받았다. 같은 문제의식을 가진 사람이 주변에 없었고 고독함을 느꼈다.

내가 생각하는 옳은 세상의 모습과 그렇지 않은 현실 사이의 괴리에 지나치게 괴로워했다. 자기 모습에 대한 이상과 현실의 격차는 나의 모습을 변화시키면 되기에 비교적 노력의 방향을 잡기 쉽다면 사회에 대한 고민은 그렇지 않다. 거대하고 유기적으로 연결된 사회를 바꾸는 일은 보통 한 개인의 역량으로는 역부족이다. 그럼에도 나를 살게 만드는 가장 큰 목표인 책의 출판과 교육의 변혁을 꿈꾸며 카타르시스를 느끼다가도 눈앞의 현실을 마주하면 한없이 추락하는 과정을 반복했다. 인간에게 가장 괴로운 것은 희망이라고 했던가. 나는 아무도 강요하지 않은 이상을 꿈꾸며 혼자서 감정의 롤러코스터를 탔다.

열일곱, 고민이 많은 나에게 담임 선생님은 학교의 상담센터인 wee 클래스를 추천하셨다. 상담 선생님은 정말 좋은 분이셨다. 고등학생 시절 터놓고 고민을 말했던 사실상 첫 번째 어른이었다. 상담실은 편안한 분위기를 풍겨 들렀을 때 안정감을 주었다. 함께 상담

받는 친구들과 다양한 이야기를 나누거나 프로그램에 참여하기도 하고, 마음을 진정시키는 시간을 가질 수 있었다. 하지만 상담에서 상황을 타개할 수 있는 기가 막힌 해결책이나 조언은 없었다. 어찌 보면 당연하다. 세상이 잘못되었다는 생각을 가진 청소년에게 누구도 만족스러운 한 해결책을 제공해 줄 수 있었을까. 선생님은 가족과의 관계, 스트레스의 관리 측면에서 도움을 주셨다. 부모님과 대화의 벽을 쌓아갔기에 상담 선생님을 통해서 부모님도 나의 이야기를 전해 들으시기도 하고 그것이 대화의 계기가 되기도 했다.

다만 나에게 있어 본질적으로 해결된 것은 없었다. 가끔 참여한 프로그램은 유치했고, 결국은 교육은 잘못되었으며, 변화를 말하지 않는 세상은 이상하고, 나는 이해받지 못한다고 생각했다.

이 시기에 내가 강렬하게 원했던 것은 내가 고민하는 세계에서 앞서 있는 멘토였다. 인문학을 토론하고 삶의 방향을 제시해 줄 수 있는 어른. 하지만 주변에서 그런 어른을 만날 수 없었다. 아쉬운 대로 내가 찾은 멘토는 책에 있었다. 책 속에서는 나와 비슷한 생각을 하는 사람들을 찾을 수 있었고 그들의 이야기를 들을 수 있었다. 글자 속에 정답과 선이 있다고 믿었고 현실의 상황에는 불의와 악이 있는듯했다. 내가 긍정하는 세계는 책 속에 있었고, 현실의 관념은 비루하게 느껴졌다. 그 괴리 속에서 삶은 괴로워졌다.

고등학교 2학년, 학교에서 시험 기간에 책을 읽는다고 담임 선생님께 잔소리를 들었다. 책을 읽는 게 문제가 된다는 사실이 너무나도 억울했다. 부모님도 쌓여가는 책장을 좋은 시선으로만 바라보지는 않으셨다. 부모님의 눈에 내가 학교 공부를 하는 모습은 없었고 실제로 성적도 조금씩 떨어졌으며 책은 늘어만 갔다. 내가 긍정하는 세계를 어른들은 부정했다. 그리고 나는 옳고 그름에 있어서 내가 옳음에 있다고 확신했다. 독서가 부정적인 행위가 되는 사회는 본질이 뒤틀린 문제가 있는 사회라고 지금도 확신한다. 하지만 그때 내가 이해하지 못한 것은, 내 주변 어른들이 했던 말은 내가 틀렸다거나, 가지고 있는 생각이 무의미하다고 말하려고 했던 게 아니라는 사실이다.

어른들은 삶을 먼저 살아본 입장에서 안정적인 삶이 결국 어떤 가치를 추구하는 데 도움이 된다는 사실을 알려주고 싶었을 것이다. 가족을 위해 자신을 일부 포기하면서까지 헌신적인 삶을 살아오신 부모님은 더욱 그러셨을 테다. 그러나 그 잔소리들이 나를 생각하는 마음에 나온 조언이라는 사실을 당시에는 도저히 받아들일 수 없었다. 지금 이때로 돌아간다고 해도, 나의 가치 판단은 변하지 않을 것이다. 하지만 어떤 목표를 가지고 무엇을 추구하느냐와는 별개로 주변 사람들과 나 자신을 챙기는 것이 더 나은 삶이라는 사실을 당시에는 몰랐다. 머리로는 이해할 수 있어도 실천하지 못했다.

기본적으로 나는 자아를 형성하는 시기에 흔들리지 않는 강한 기둥을 세웠다. 옳고 그름에 대한 가치 판단을 할 수 있게 되며 그에 맞는 떳떳한 삶을 살았다. 잘못은 잘못이라 말하고 옳은 것을 추구해야 한다고 진심으로 믿었다. 그렇게 스스로와 대면하는 시간이 많아지며 자아의 색은 강해졌다. 그러나 오직 생각으로 성장한 자아는 현실에서 적응하기 어려웠다. 나는 다른 사람의 말에 점점 영향을 받지 않게 되었다. 예를 들어 성적을 잘 받았을 때 받은 칭찬이나 격려는 나에게 거의 닿지 못했다. 내가 생각했을 때 나에게 중요한 가치를 지니는 일에 대해서만 반응하기로 과하게 고집했다. 그리고 자기 평가는 대부분 책을 내지 못한 나에 대한 질책이었다.

내가 정신적으로 위태로웠던 이유는 고립으로 인해 자의식을 보호할 수 있는 주체가 나 자신밖에 없었기 때문이다. 인간은 소속감이나 동질감을 느끼고 타인과 교류하며 자기 자신을 긍정한다. 나는 정의, 이상, 본질을 고민하며 옳은 세계는 관념에서밖에 찾지 못했고 현실에서는 삶의 많은 요소를 부정했던 나는 추락할 때 안전장치가 없었다. 한없이 나 자신을 의심하고 우울해했다.

생각과 기억이란 뉴런의 결합과 시냅스의 활성화이다. 한 번 형성된 사고회로는 다음번에는 더욱 빠르게 이어질 수 있다. 뇌는 익숙함을 찾는 경향성이 있고 감정도 마찬가지다. 긍정적인 사고의 순환이든 부정적인 순환이든 감정 습관을 형성한다.

부정적인 생각의 순환에 갇혔을 때, 나는 혼자였기 때문에 그곳에서 한동안 빠져나오지 못하곤 했다. 이를테면 글이 잘 써지지 않는 상황에서 나는 무능력해서 세상에 변화를 가져올 수 없으며, 내가 하는 모든 일은 결국 의미가 없다는 생각의 흐름이 이어졌다. 사람에게 먼저 다가가지 않았던 이때의 나는 혼자 한없이 우울해했다. 그런 시기에는 삶의 의미를 찾지 못했고 동기가 없었다. 우울함은 무기력을 낳고 악순환이 생긴다. 사람에게 기댈 줄 몰랐던 나는 한없이 침전했다. 안정을 찾고 편안한 마음을 얻기 위해 한 일은 혼자 옥상을 다니며 생각을 정리하는 작은 취미 하나에 불과했다.

도움을 절실히 원했다. 우연히 울산 청소년 상담센터가 운영된다는 사실을 알게 되었는데, 심하게 우울하던 어느 날 자정에 가까운 시간 동네 놀이터에서 센터로 전화를 걸었다. 대뜸 죽고 싶다고 했던 것 같다. 잠시 정적이 흘렀고 센터로 오라는 말을 들었다. 상담을 서너 번 정도 다녔다. 센터는 주로 비행 청소년 교화에 특화되어 있었다. 내가 가진 상황에 특화된 프로그램이 준비되어 있던 것은 아니었다. 첫 상담에서 적성검사를 했는데 나는 다양한 분야에서 높은 관심사를 가진 것으로 나타났다. 상담 선생님도 이런 결과지는 처음 본다며 놀라셨다. 그리고 내 이야기를 들어주셨다. 나는 내가 가진 교육에 대한 고민, 그로 인한 괴로움, 부모님과 대화의 어려움 등을 말했다. 기억에 남을 만큼 특별한 상담 내용은 떠오르지 않는다. 하지만 어떤 이해관계 없이 누군가에게 터놓고 이야기를 할 수 있었던 것만으로도 나는 해방감을 느낄 수 있었다. 한 권의 책을 선물 받으며 상담은 끝이 났다.

wee 클래스나 청소년 상담센터가 커다란 도움이 되었냐 묻는다면 그렇다고 말할 수는 없다. 하지만 분명히 도움이 되었던 건 누군가에게 이야기를 털어놓는 것만으로도 마음의 짐이 덜어졌다는 사실이다. 글이건 말이건 드러내지 않으면 전해지지 않는다. 지금의 나는 더 이상 죽고 싶다고 말하지 않는다. 우울함과 무기력이 찾아오면 그 순환을 알아채고 벗어나기 위해 노력한다. 그리고 가장 좋은 방법은 사람을 찾는 쪽이지 싶다. 편하게 찾아 어떤 이야기든 나눌 수 있는 친구가 여럿 떠오른다. 나도 언제나 좋은 친구가 되려고 한다.

힘들었던 시기에 가족이나 친구에게 다가갔다면 완전히 이해받지는 못해도 괴로움을 일찍 덜어낼 수 있었으리라 생각한다. 예전보다는 덜하지만, 아직도 회의에 빠지면 무기력한 우울감에 잠기곤 한다. 하지만 이제는 그 사실을 알아채고 의식적으로 마음을 챙기려고 한다. 십 대의 나를 만날 수 있다면 이야기를 들어주고 싶다. 그것만으로도 많은 위안이 되었을 것이다. 내가 만든 껍데기 속으로 한없이 파고들었던 시기에 나는 행복할 수 없었다.

너무 커다란 생각에 매몰되어 있던 십 대의 후반에는 알 수 없었던 가족, 친구, 나 자신을 챙기는 일의 필요성을 이제는 알게 되었다. 좋은 삶을 구성하는 것은 이상을 향해 나를 내던지는 태도만으로는 불충분하다. 삶을 가꾸고 사람들과 관계하며 하루하루를 충만하게 살아내는 태도는 그렇지 않은 삶보다 반드시 좋은 태도이다.

나아가 사람들이 고독하지 않았으면 좋겠고, 행복을 찾아갈 수 있었으면 한다.

사회적 고립이 전보다 많아졌다는 뉴스를 보며 고민한다. 삶의 궁극적인 목표는 무엇이며, 우리는 무엇을 위해 마음을 경시하면서까지 괴로워하고 있는 걸까. 행복한 세상을 만들기 위해 나는 무엇을 할 수 있을까.

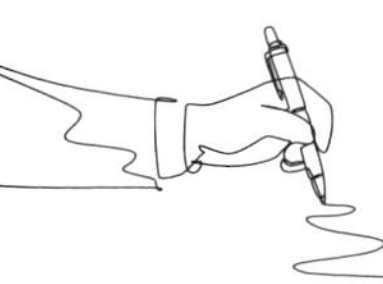

열아홉, 글을 썼다

자신감이 붙어 여기저기서 교육의 문제를 주장하던 나는 2학년이 끝나가던 시기에 말하기를 멈췄다. 가장 큰 계기는 한 수학 수업 이후였다. 시험이나 성적의 부담이 없는, 학년이 끝나기 직전 2월 시기에 수학 선생님께서 교육에 관심이 많은 내게 일일 교사를 할 수 있는 시간을 주겠다고 하셨다. 수학을 주제로만 하면 내용은 상관없다고 하셨다. 내가 계획했던 수업은 확률과 통계 내용을 실생활에서 접목하여 학문의 쓸모를 조명하고, 궁극적인 교육의 목표를 질문하는 수업이었다.

오만한 자신감으로 확실하게 수업을 준비하지 않았다. 언급할 소재를 몇 가지 정리해 보고 흐름만 구상했을 뿐, 구체적인 자료를 만들지 않았다. 교탁 앞에 서자 친한 친구들의 시선도 어색하고 부담스럽게 느껴졌다. 당연하게도 생각했던 만큼 그럴듯한 수업을 진행하지 못했다. 혼자 내용을 전달하는 발표와 달리 상호작용이 중요한 교육에서는 수업의 경험이 부족했다. 구체적인 교육관으로 대책을 세워본 적도 없었고 몇 권의 책이 채워준 자신감에는 내실이 없음을 느꼈다. 그래도 선생님과 친구들에게 작은 박수를 받으며 자리로 돌아갔다. 조금은 부끄러웠다.

수학 선생님과 따로 대화하며 내가 가진 생각이 틀리지도 않았고 좋은 것이지만 모두가 그 내용에 공감할 수는 없다는 말을 들었다. 생각을 좀 더 구체화하고 실현하는 것도 좋겠다는 조언을 주셨다. 나는 언제나 선한 영향력을 꿈꿔왔다. 그러나 선의 방향은 절대적이지 않기에 끊임없는 노력과 수정이 필요하다는 생각이 들었다. 누군가에게 영향을 줘도 될 만큼 나는 옳은, 깊이 있는 주장을 하고 있는가? 문득 두려웠다. 세상의 잘못을 외치는 반골적인 태도가 타인에게 어떻게 작용하는지 고민했다. 세상에 대해 더 알아야 했고, 방향성을 확실히 잡아야겠다고 다짐했다. 원색적인 비판만을 외치는 염세주의자가 아닌 대안을 만들고 발전할 수 있는 사람이 되기 위해 공부하고 스스로와 대면하는 시간을 늘리기로 했다.

졸업까지 1년이 남았고, 책을 완성하고 싶었다. 독서실을 다니며 글을 썼다. 야간자율학습에 강제로 참여할 때는 학교에서 노트북을 쓸 수 없었기에 집중해서 글을 쓸 시간을 찾기가 어려웠다. 강제로 시행되는 야자가 사라지며 다니기 시작한 독서실은 노트북을 쓸 수 있는 비교적 자유로운 공간이었다. 특히 방학에는 큰 부담 없이 글쓰기와 독서에 매진할 수 있었다. 하지만 글이 영 써지질 않았다.

사고의 흐름은 머릿속에 흩어져 있으나 구조가 없어 하나의 완성된 글을 쓰기가 쉽지 않았다. 가장 큰 문제로 같은 소재가 여러 단원에서 튀어나왔다. 평소에 하던 생각이나 만들어 놓은 문장이 어느 단원에서든 떠올랐다. 그럴 때면 이 내용이 중복되었다는 사실을 인지하고 한 문단을 지웠고, 그렇게 되면 글의 흐름을 잃어버리고 빈 화면이 막막해졌다. 책의 전체 흐름을 구상할 때도 자신 있는 단원이 있는가 하면 글을 쓰는 일이 어느 순간에는 재밌기보다 어렵게만 느껴졌다. 내가 쓴 글은 유치해 보였고 글쓰기에 자신감을 잃어갔다. 책을 낼 수 없을 거라는 생각이 머리를 자주 스쳤다. 애써 부정하고 싶었지만 떳떳하게 보여줄 만한 글로 한 권의 책이 채워질 기미가 없었다. 슬럼프가 찾아왔다.

거대한 꿈이 있고, 졸업 전에 출판이라는 목표를 달성해 꿈을 향한 길을 열기로 스스로와 약속했었다. 책을 읽고 생각을 정리하며 충분한 시간과 경험이 쌓인 줄 알았다. 학생의 입장에서 교육의 잘못을 명확하게 짚어내고 지향점을 말하고, 삶에 대한 태도까지 세상에 제시할 수 있다고 믿었다. 하지만 만족할 만한 책을 쓰는 건 그리 호락호락하지 않았다. 내용이 부족했고, 실력이 부족했다. 빈 화면 앞에서의 막막한 시간이 쌓여 빈 페이지만을 다수 보유한 채로 방학이 지났다.

고등학교 3학년이 되었다. 3학년 반은 2학년 때와 달리 단합력이 약했고 각자의 위치에서 살아가는 섬과 같았다. 나는 학생회를 하는 대신 반장을 맡았지만, 반의 결속에 크게 기여하지는 못했다. 수업 시간에 학구열에 불타 학문적인 질문을 하지도 않았고 나의 이야기를 열정적으로 전하지도 않았다. 대신 책을 많이 읽었다. 살면서 두 번은 없을 것 같은 집중력으로 책을 읽었다. 인문학과 과학, 문학과 사회, 에세이 등 다양한 책을 읽었다. 내가 구상한 책은 좀처럼 만족스러운 진도를 나가지 못했지만, 교내나 교외 글쓰기 대회에 참가하며 글쓰기의 노력이 헛수고가 아님을 확인할 수 있었다. 특히 시나 도서관에서 열리는 독후감 대회에 참가해서 많은 상을 받았다. 교육감님께 직접 상을 받은 적도 두 번이나 되었다. 그렇게 부상으로 받은 문화상품권은 대부분 책을 사는 데 썼다.

내가 가진 책들을 가져다 놓고 작은 학급 도서관을 운영했다. 간단한 명부를 만들어서 대출과 반납을 기록하고 관리했다. 원하면 책을 추천해 주기도 했다. 나름대로 장사가 됐다. 책을 읽은 친구와 가볍게 토론을 즐기기도 하며 생각을 나눴다. 그 밑에는 종이접기 작품을 전시했다. 복잡한 종이접기 모형을 만드는 취미가 생겼다. 며칠간 몰입해서 한 가지에 몰입하는 경험도, 작품을 만들었을 때의 성취감도 좋았다. 만드는 동안은 잡생각이 들지 않았고 마음이 편안했다.

독서나 종이접기에 집중할 수 있었던 큰 이유는 담임 선생님의 성향 덕분이었다. 3학년 때의 담임 선생님은 친근하고 온화한 분이셨다. 우리 반에는 유독 정시로 대학에 가겠다는 친구들이 많았고 솔직하게 말하면 학교생활에 성실한 분위기의 반은 아니었다.

선생님은 딱히 반 친구들에게 공부나 입시와 관련해서 잔소리하지 않으셨다. 그래도 고등학교 3학년이니 선생님이 적극적으로 입시를 도와주셨으면 좋겠다고 생각한 친구가 있는지는 모르겠지만, 나는 그 여유로움이 좋았다. 주변의 어른 중 처음으로 책에 관한 얘기를 담임 선생님께 꺼낼 수 있었다. 공부나 하라는 잔소리를 들을 일이 없을 것 같았고 대단한 결과를 내지 못해도 될 것만 같았다. 선생님은 대단하다고 책이 나오면 한 권 달라고 하셨다. 내가 새로운 책을 읽고 있으면 책이 무슨 내용인지 물어보셨고 종이접기 작품을 보고도 잘 만들었다고 신기해하셨다. 내가 하고 싶은 일을 눈치 보지 않고 할 수 있었다. 크게 스트레스받지 않고 생활할 수 있었다.

하지만 물론, 입시를 생각해야만 했다. 생각하기 싫어 이제껏 회피해 왔지만 대학 원서를 쓰는 시기는 찾아오고 있다. 내신 성적은 좋았다. 목적 없는 성과에 가까웠지만 시험을 소홀히 친 적은 없었다. 수업 시간에는 항상 가장 집중하는 학생이었다. 어렸을 적 부모님의 노력으로 쌓인 공부량은 나를 배신하지 않았고 고등학생이 되어 교육의 문제를 고민하고 독서와 글쓰기에 빠져 흥미를 잃었음에도 성적은 급격하게 떨어지지 않았다. 성적은 3년 동안 조금씩 떨어졌지만, 더 떨어지면 안 되겠다 싶을 때 5학기가 끝나 수시 원서를 쓰게 되었다.

어머니는 내가 의대에 가기를 바라셨다. 물론 지금 고3 시절로 돌아가더라도 의대에 진학하지는 않겠지만, 당시 부모님의 마음을 지금은 더 이해할 수 있다. 그러나 이때는 그런 마음조차 받아들이기 어려웠다. 적어도 나에게는 인간과 사회를 배우는 일이 공학이나 의학보다 중요하게 느껴졌고, 대학에서 그런 배움을 얻고 싶었다. 교육학과나 사회학과를 진학해서 공부하고, 세상을 바꾸고 싶었다. 단지 교육학이나 사회학을 배운다고 해서 큰 변화를 만들어 낼 수는 없다는 사실을 알았지만, 무엇이든 해볼 수 있을 것만 같았다.

누군가 배부른 소리라고 말해도 일리가 있지만 여전히 내가 가졌던 마음을 옹호하고 싶다. 높은 소득의 좋은 직업을 안정적으로 가지는 일도 중요하지만, 특히 나처럼 성취와 자아실현에 목표가 큰 사람이라면 스스로 삶을 선택하고 의미를 만들어 가는 과정이 더욱 중요하다고 생각한다. 의사가 되는 삶도 진지하게 고민해 보았지만, 결정적 끌림이 없었다.

살아가면서 하는 수많은 선택 중 유독 중요한 선택이 있기 마련이다. 하지만 선택의 경중과 관계없이, 선택의 주체는 언제나 자신이 되어야 하고, 선택에 온전한 책임 또한 자신이 져야 한다. 나는 스스로 생각하게 되기 전까지는 주체적으로 살지 않았다. 커다란 선택을 직접 내리지 않았고 책임을 지지 않았다. 좋은 성적을 받고 칭찬을 받더라도 공허하게 느껴졌던 이유는, 나의 의지와 마음이 결여된 결과에 몰입할 수 없었기 때문이다.

부모님과 대학 진학에 관해 상의하는 일은 쉽지 않았다. 나는 내가 만든 껍데기에 갇혀있었기에 대화하기 쉬운 아들은 아니었다. 교육이나 사회를 공부하고 싶다는 말에는 구체적인 비전이 없었다. 구체적인 계획을 알려달라는 부모님의 요구에 나는 확실한 대답을 할 수 없었고 의견 차이는 잘 좁혀지지 않았다. 사람을 대하고 비교적 인문학적 공부가 요구되는 정신과 의사나 공부 부담이 적은 한의사도 목록에 올랐다. 하지만 수학이나 과학이 아닌 인문을 배우고 싶다는 고집을 꺾지 않았다.

여러 선택지 중 합의점으로 경영학과를 선택했다. 내가 생각하는 가치와 맞닿아 있는 분야는 아니었지만, 다양한 분야의 능력을 요구하는 특성이 나와 잘 맞을 수 있다고 생각했다. 스타트업에 대한 막연한 로망도 있었다. 경영학과에 진학하면 내가 원하는 공부가 있을 때 함께 배울 수 있다고도 생각했다.

그렇게 진로를 경영 쪽으로 기재했지만, 나에게는 아직 눈앞의 교육 환경이 가장 마음 쓰이는 문제였기에 확실히 마음이 가는 분야는 아니었다. 여전히 대학에 대한 무의식적 거부감이 있었다. 입시만을 바라보는 교육의 끝은 대학이고 남들처럼 대학을 진학하면 그것이 나의 신념을 저버리는 일이 되는가를 고민하기도 했다.

한번은 수학학원 선생님과 나눴던 얘기가 있다. 선생님은 좋은 대학이 좋은 이유는 그곳에서 더 좋은 사람들을 만날 수 있고 많은 기회를 얻을 수 있기 때문이라는 말씀을 해주셨다. 대학의 이름 때문이 아니라 성장 기회를 위해서라도 좋은 대학에 진학하는 게 나쁠 게 없다는 말은 충분히 설득력이 있었다. 대학에 가지 않을 이유는 없었다. 무턱대고 대학 진학 거부는 반항일 뿐 어떤 긍정적인 변화를 만들 수 없을 터였다. 게다가 나는 배움을 원했고 자유를 원했다. 대학은 이 두 가지를 모두 제공하는 곳이었다.

원서 접수부터 합격까지의 시간은 바쁜 듯하면서도 묘하게 천천히 흘러갔다. 자소서를 쓰는 일 외에는 달리 내가 할 일이 없었다. 발표를 기다리기만 하면 되었다. 최저 등급만 맞추면 된다는 조금은 가벼운 마음으로 수능을 봤다. 하루의 성적으로 나의 3년을 평가받지 않아도 된다는 사실은 다행이었다. 좋은 컨디션으로 수능을 봤고 훈련되지 않아 어려워했던 탐구 영역을 제외한 국어, 영어, 수학에서 최저 기준을 맞췄다.

고등학교 3학년의 반은 상당히 어수선하다. 수시와 정시를 준비하는 학생들의 어긋난 두 시계가 돌아가다가 수능이 끝나면 긴장이 확 풀어진다. 안 그래도 활력이 없는 반이었는데 1학기가 끝나고 2학기가 되자 수업 분위기는 더욱 늘어졌다. 수능이 끝나자, 대부분의 수업에서 열 명도 안 되는 생존자를 제외하면 교실이 수면실이 되곤 했다. 이 시기에는 선생님들도 아이들을 억지로 깨우지 않으셨다. 대입에 영향을 미치지 않을 수업은 학생들에게 어떤 의미도 제공할 수 없었다. 나는 자주 마지막 생존자가 되어 책을 읽거나 선생님들과 대화를 나눴다.

서울에서 몇 개 대학의 면접을 보고 올 때까지도 대입은 크게 실감이 나지 않았다. 6개의 원서 중에서 5개의 대학에 합격했다. 최종 합격 증서를 받고도 놀라울 정도로 감정의 동요가 없었다. 대학 합격은 물론 기쁜 일이었다. 학업적 성취와 학교 활동에 대한 인정이자 새로운 삶의 시작이 기다리고 있었다. 하지만 마음이 편치 못했다. 입시가 휩쓸고 간 하반기의 끝에 합격 소식을 들었을 때는 12월이었기에 이미 졸업 전 출판은 물 건넌 이야기가 되었다는 사실을 알았다. 시간이 날 때마다 노트를 정리하고 노트북 앞에 앉았지만, 책 쓰기는 탄력을 완전히 잃어버렸다.

그렇게 내가 입학과 함께 세웠던 졸업 전의 개인적인 목표는 결국 이루지 못했다. 노력이 부족했고 능력이 부족했다. 나는 다만 좋은 대학에 합격했다. 내가 중요하게 생각했던 가치에 대한 증명은 결과로 남지 못했다. 내적인 괴로움이 컸다. 그렇게 나는 고등학교를 졸업했고, 성인이 되었다.

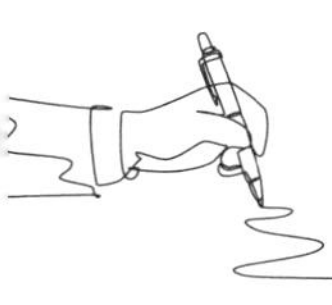

나의 교육 개론

교육을 중심으로 한 학생 입장에서의 에세이를 구상했었다. 내가 생각하는 교육의 본질을 정의하고 현재의 제도와 상황에서 문제점을 비판하며 내 주변의 실제 사례를 통해 근거를 보충하려고 했다. 궁극적으로는 내가 생각하는 이상적인 교육의 모습을 서술하려고 했다. 고등학생 내내 안주머니에 노트를 가지고 다니며 수많은 스치는 생각을 기록했다. 그러나 능력에 비해 너무 높았던 기대치에 미치지 못하는 글 조각은 출판으로 이어지지는 못했다.

여전히 교육에 관해 혼자 했던 공부와 생각들 정도로는 교육을 바꿀 수 있을 만한 실질적인 능력에 다가서지 못했음을 안다. 하지만 배움을 놓지 않고 이어가면 작은 변화라도 만들어 낼 수 있다고 믿는다. 세상을 바꾸고 싶은 나의 방식은 사람의 성장과 변화를 통해서이고 이것이 곧 나에게는 교육의 본질이다. 궁극적으로는 교육 분야의 일을 통해 내가 속한 공동체에 기여하고 싶다. 교육에 관해서 하고 싶었던 수많은 이야기를 압축하고 모아서 생각의 핵심에 가장 맞닿아 있는 글을 전한다.

교육의 목적은 무엇일까. 교육기본법에 나와 있는 제2조의 교육 이념은 다음과 같다.

> '교육은 홍익인간의 이념 아래 모든 국민으로 하여금 인격을 도야하고 자주적 생활능력과 민주시민으로서 필요한 자질을 갖추게 함으로써 인간다운 삶을 영위하게 하고 민주국가의 발전과 인류공영의 이상을 실현하는 데에 이바지하게 함을 목적으로 한다.'

교육을 궁극적인 목표에 따른 규범으로 정의하면 교육의 목적은 인격을 성장시키고 능력의 함양을 도와 성장을 돕고, 나아가 이타적인 가치를 실현하는 것이다. 교육이 가지는 도구적 역할에 집중하면 사회에서 자립할 수 있는 생활능력을 제공하는 도구로서 교육을 기능적으로 정의할 수 있다. 민주시민의 자질을 갖추게 한다는 대목에서 알 수 있듯이 공교육은 복지이면서 사회 구조 유지에도 핵심적인 역할을 한다. 그 분야도 초·중·고등학교의 공교육을 넘어 유아교육이나 고등교육, 평생교육, 사교육 등 넓은 범위를 지니며 더욱 세부적으로 분석할 수 있지만, 우리가 주로 중요하게 생각하는 교육은 대학 진학까지의 과정에 한정된 교육이다. 많은 사람들이 입시에 관심을 가지지만, 고등교육기관인 대학의 역할이나 평생교육의 방법에 관해서는 고민하지 않는다.

앞서 이야기한 규범과 기능의 두 가지의 목적으로 크게 교육의 목적을 정리할 수 있다고 본다. 사람을 전인격적 성장을 목표로 하는 규범적 교육과 개인 삶의 영위를 위한 경제 자본을 얻기 위한 수단으로서의 교육이다. 단편적으로, 나는 전자의 목적이 백번 옳다고 믿었고, 후자의 교육은 비루하고 잘못된 목적이라고 여겼다. 우리의 교육은 분별의 기능에 크게 집중되어 있다. 이 현실을 받아들이기가 그렇게나 어려웠다.

지금도 교육의 궁극적인 목적은 인간의 내적인 성장이라고 믿는다. 그러나 교육은 기능적으로 사회 구조에서 중요한 역할을 담당한다는 사실을 부정하지 않는다. 교육을 통해 능력을 평가하고 자본을 분배하는 이 기능의 중요성을 부정하면 사회의 구조가 무너진다. 둘 중에 선행되어야 하는 쪽은 사회 구조를 지탱하는 기능적 목적으로 보인다. 그러나 교육이 자본으로서의 수단이기만 하며 사회 유지를 위한 도구일 뿐이라면, 다차원적이고 복합적인 인간이라는 존재를 성장시키는 역할은 수행할 수 없다. 교육은 단지 학문의 방법을 통한 경쟁의 수단이 될 뿐이다.

그러나 교육의 궁극적인 역할은 경쟁의 수단이 아닌, 인간의 성장과 더 나은 세상을 만들기 위한 변화의 방법이다. 교육의 규범은 실현하기 어렵고 기능과 온전하게 양립하기 어려워 보이지만, 사람들이 그럼에도 교육의 본질을 고민하고 그 본질을 향해야 한다고 믿었으면 한다. 교육기본법의 교육이념은 지나치게 거창한 이념을 내세우는 것처럼 보이지만, 교육의 궁극적인 지향점은 거창해야 한다고 믿는다.

공부란 무엇일까. 우리는 흔히 공부를 교과서의 학습으로 한정지어 공부가 그저 재미없는 무엇이라고 생각하지만, 삶의 모든 과정은 공부다. 소통하기 위해 언어를 배우고 운동을 익히고 취미를 위해 시간을 투자하는 것도 모두 공부다. 더 나은 삶을 위해서 학습하는 모든 행위는 공부다. 종이와 책을 책상에 놓고 앉아있는 공부만이 공부가 아니다. 이성적 능력을 이용해 무언가를 익히고 살아가는 데에 활용하는 행위는 인간이 동물과 구분되는 본질적인 특성이다.

나는 이 사실에 집중해서 더 나아진다는 경험 자체를 체화하는 것이 교육에서 중요하다고 생각한다. 학업적인 성취를 위해서 노력하고 더 나은 성적을 받으며 경험하는 발전은 교육의 중요한 모델이다. 그러나 이 경험만이 공부의 전부가 되고 성장의 경험이 되어서는 안 된다. 운동을 통해 더 나은 신체를 기르고 협력을 배우는 것도, 음악적 소양을 기르는 것도, 책을 통해 세상을 이해하고 친구들과 교류하는 것도 모두 교육이자 공부이고 성장이라는 인식이 필요하다. 사고하고 분석하는 능력을 길러 직접적으로 배우지 않은 분야에서도 앎을 토대로 발전하는 것. 모두 교육의 일부가 되어야 한다.

입시 중심의 교육은 획일화된 가치를 지향한다. 공인되는 학교 시스템 내에서의 성과는 오직 성적을 통해서 이룰 수 있다. 숫자와 등급으로 나타나는 성적에는 우와 열이 존재한다. 이 구조에서 성취감을 얻을 수 있는 학생은 소수에 그친다. 그러나 시험 자체가 잘못되었거나 사라져야 하는 것은 아니다. 성적은 교육과정 내에서 학습의 정도를 평가하는 논리적인 시험을 통해 부여된다. 배움을 통해 지식을 쌓고 응용하는 능력을 확인하는 평가가 없다면 학교의 시스템, 나아가 직업 선택과 분배는 합리적으로 이뤄질 수 없다.

더 많은 임금과 높은 질의 일자리에 경쟁이 몰리는 경향성은 자연스럽다. 높은 부가가치를 창출하는 직업은 전문적이고 뛰어난 능력을 요구하기 때문에 학습 능력의 증명을 통한 경쟁은 타당한 방법이다. 학습 능력만이 직업 선택의 전부는 아니지만, 수치화하기 힘든 소명감이나 사명감, 일부 업무 능력 등이 평가 요소가 되면 공정성과 정확성에 의문이 제기될 수밖에 없다.

대학 입시에서 학교생활기록부 종합 수시 제도는 비슷한 어려움을 겪는다. 학생의 다양한 역량을 평가한다는 취지는 좋지만, 그 내용을 구성하고 평가하는 방식에서는 불평등과 사실 여부, 수치화 등에 있어 많은 한계를 겪는다. 이 제도가 본래의 목적을 수행하지 못하는 학생의 종합적인 역량이 생활기록부에 그대로 드러날 수 없기 때문이다. 사람의 성질을 온전히 글로 옮기는 것도 불가능한 마당에 진학을 위해 경쟁해야 하는 글은 진실이 최우선의 가치가 아니다. 행실이 바르지 않아도 좋은 대학을 보내기 위해 생활기록부에 좋은 평가를 기재하고, 실제와는 다른 탐구 기록을 기재하고 독서 목록을 채울 수 있다. 학교의 분위기에 따라 학생들의 생활기록부를 나서서 관리하기도 하고 방치하기도 한다.

봉사 활동, 세부 능력 특기사항, 수상 내용 등 다양한 영역 중 어느 영역이 입시에서 중요하게 작용하는지를 알고 계획을 세워야 하는 입시는 더 큰 교육 불평등을 초래한다. 수상 몰아주기, 논문 허위 기재 등 적지 않았던 생활기록부 조작 사례는 학생부종합전형의 공정성을 도마 위에 올렸다. 수능이 일원화된 성적이라는 가치로 그나마 공정하게 이뤄지던 경쟁에서 다양한 역량을 존중하기 위한 전형이 오히려 불공정을 낳게 된 것이다. 결국 공정성 면에서 숫자로 사람을 판별하는 수능 시험이 더 좋은 평가 방법이 된다.

그러나 객관적인 시험을 통한 공정한 줄 세우기는 교육의 중요한 기능이지만, 궁극적인 목표가 되어서는 안 된다. 대학은 기업의 인재를 양성하기 위한 기관이 아니다. 사회적 차원에서도 배움이 아닌 학위를 위한 과도한 대학 진학률은 시간이나 자원의 효율적 사용이 아니다.

하나의 가치에만 집중된 교육의 시스템으로 인해 우리가 무엇을 잃어버리는지 명확하게 직시해야 한다. 우리 사회에서 부족한 가치를 나는 교육에서의 부재로 설명할 수 있다고 믿는다. 먼저 공동체 의식과 협력 등 사회적 관계를 맺는 경험이 부족하다.

나는 고등학생 시절 입시에만 몰두한 채 많은 걸 포기한 삶을 살았다는 친구들을 대학에서 수없이 보았다. 치열한 경쟁 속에서의 견제, 성적과 입시에 매몰된 삶. 협력하는 삶에 대한 경험의 부족은 타인을 고려하지 않는 삶의 방식에 익숙한 사람을 만들 가능성이 있다. 혼자의 노력만을 기반으로 삶을 만드는 경험에서는 경쟁의 필요성만이 강조될 뿐, 공동체의 발전이 가지는 가치에 공감할 수 없다. 타인의 말을 경청하지 않는 사회를 만드는 데는 청소년기에 경험하게 되는 개인주의적인 삶이 큰 영향을 끼친다고 믿는다. 다양성이 존중되는 사회를 위해서는 타인과 함께하는 존중의 교육 환경이 필요하다.

또한 배움의 태도를 배울 수 없기에 개인을 한계 짓게 된다. 이제는 표면적으로 사라졌지만, 우리에게 문과와 이과의 구분은 여전히 익숙하다. 자연과학과 사회과학 중 선호하는 쪽을 집중적으로 배우는 제도는 분명 전문적인 공부에 효율적이다. 그러나 그 집중으로 인해 우리는 나머지 영역에 대해 무관심해지고, 그 사실이 당연해진다. 학문적 가치보다는 보통 수학을 잘하면 이과를, 그렇지 않으면 문과를 선택하는 경우가 많다. 이에 기반해서 이과에서는 사회적인 탐구에 부족함을, 문과에서는 수리과학적인 지식에 부족함을 당연시하게 된다. 자신이 배우지 않은 분야에 대해서 더 이상 배움의 이유와 의지가 생기지 않는다.

그러나 인간의 특징은 이분법적으로 나뉘어 있지 않다. 우리의 세계를 이해하고 능동적으로 살아가기 위해서는 과학적 사고와 인문학적 사고 모두 배우려는 태도가 필요하다.

지금의 교육으로는 살아가는 데 있어 중요한 배움의 행위 자체에 공감하지 못하게 된다. 음악이나 미술, 체육 수업은 성적에 반영되지 않는다는 이유로 무시되기 마련이다. 기술 가정이나 제2외국어 등 다른 과목도 입시 비중에 따라 학생들이 대하는 태도가 달라진다. 그러나 이런 예술과 체육, 다양한 배움은 삶에서 못지않게 중요하다. 자라나는 청소년들에게는 더없이 뛰어놀 기회가 주어져야 하고, 음악과 미술의 심미적인 감상이 삶을 풍요롭게 해줄 수 있음을 느끼게 해주어야 한다.

책상에 앉아서 손과 머리로만 하는 배움이 전부가 아니다. 몸을 사용하는 훈련을 통해 예술을 익혀 자신을 표현하고 내면을 가꾸는 경험은 교육이 제공해야 하는 더욱 중요한 배움이다. 그러나 분별을 목적으로 하는 교육에서 삶에 가장 맞닿아 있는 분야는 내재적인 가치가 아닌 도구적인 가치로 이해된다.

탐구하고 자신의 힘으로 변화를 이뤄내는 경험이 부족하다. 세상은 사람이 지닌 지적 호기심과 탐구심을 기반으로 나아간다. 기존에 이뤄진 연구와 경험이 전해지고 그 내용을 탐구하며 새로운 발전을 이룩한다. 그러나 학교 시험과 수학능력시험은 주어진 교과과정 안에서의 수학 능력을 평가하기 때문에 탐구가 아닌 정답을 고르는 단계에서 배움이 멈춘다. 교과과정을 벗어난 배움은 필요 없는 것으로 치부된다. 중고등학교의 교육이 그렇고, 대학에서의 수업도 결국 성적과 무관한 탐구가 끼어들 자리가 없다.

대학원 이상의 연구기관에서 지식의 생산자이자 연구자가 되지 않는 이상 연구와 탐구를 기반으로 하는 시스템은 만나기 어렵다. 책을 읽고 주장을 정리해 발표하거나, 과학 탐구 보고서를 작성하는 일은 그 내재적 가치보다는 입시와 성적을 위한 부가적인 역량이 되어버린다. 그러나 지식의 전문가가 되지 않더라도 앎을 위해 탐구하는 경험을 제공하는 것은 교육의 중요한 역할이라고 생각한다.

다음으로는 배우지 않아 문제가 되는 중요한 분야에 대한 인식이다. 정규 교육과정을 모두 거치더라도, 책과 함께하는 교육은 매우 적다. 교과서가 아닌 책을 읽는 경험이 부족하고 이는 곧 책을 읽지 않는 사회를 만든다. 배움을 이어가는 태도를 가장 쉽게 실천하는 방법이 독서이기에 이 사실은 안타깝다.

글쓰기도 마찬가지다. 국어라는 과목은 언제나 있지만 글을 쓰는 경험은 체험 활동 후기나 글쓰기 대회를 제외하고는 거의 없다. 그조차도 내재적인 가치에 공감하지 못한 채로 학생들에게 입시와 관련 없는 무용한 시간으로 인식된다. 비판적으로 사고하고 생각을 논리적으로 서술하는 연습이 부족하니 소통과 표현은 어려움을 겪는다.

의견을 드러내는 말하기 또한 다르지 않다. 다양한 토론과 발표를 통해 대인관계 능력과 협력, 설득력과 자신감을 얻는 경험이 부족하다. 교육과정에 포함되지 않은 중요한 학문도 있다. 경제 활동을 기반으로 모두가 살아가는 사회에서 기본적인 경제 지식을 가르치지 않고, 삶의 근본적인 질문을 던지며 의미를 찾아가는 철학을 가르치지 않는다. 이외에도 다양한 학문이 배움의 기회조차 존재하지 않는 경우가 많고 이는 역시 우리 사회에서 약세로 드러난다고 믿는다.

그렇다면 어떻게 그 문제들을 해결할 수 있는가. 상황을 분석하는 건 쉬운 일이지만 대안을 제시하고 실제로 변화를 만들기란 훨씬 어려운 일이다. 나는 이 부분에서 항상 무너진다. 변화를 말할 수 있는 전문성도 자격도 없이 생각을 전하는 게 무슨 의미가 있는지 수백 번도 회의했다. 그럼에도 생각을 키우고 나누는 것은 무의미하지 않다고 결론을 내렸다. 그렇게 작은 변화로부터 방법을 찾아가면 된다.

획일화된 가치 속에서는 교육을 전환하려는 어떤 시도도 그 목적을 다하기 어렵다고 느낀다. 시험을 보지 않는 자율 학년제를 거쳐도 결국은 시험을 보게 되며 결국 경쟁에서 완전히 자유롭지 않다. 다양한 역량을 평가하는 학생부종합전형은 공정성에 어려움을 겪는다. 주에 한 번 배정된 진로 수업은 입시와 무관하다는 점에서 경시된다. 교사에게 열정과 책임감을 강요해 개별적인 관찰을 통해 학생들의 잠재력을 끌어내는 것까지 요구하기에는 행정 업무의 강도와 현실적인 어려움을 고려했을 때 불가능에 가깝다.

입시 중심의 교육에서는 성적에 도움이 되는 강사가 교사보다 존경받고 교사는 성적에 도움을 주지 못할 경우 학생들에게 무시당한다. 정시 전형을 선택할 경우 학교에 비협조적인 태도를 드러내도 된다고 학생들은 생각한다. 대학 진학에 걸림돌이 되지 않기 때문이다. 공교육의 붕괴와 사교육의 비정상적인 성장은 자연스럽다. 교사에 대한 존경은 사라지고 교육에 대한 신뢰도 그렇다. 게다가 공교육은 그 과정을 거친 사람들이 사회의 민주시민으로 살아갈 수 있는 최소한의 역량을 부여하고, 사회화의 역할을 담당하며 학습자의 수준에 맞추어 교육을 제공해야 한다.

결국 내가 강조하고 싶은 내재적인 가치를 향하는 교육을 위해서는 제도의 변화보다도 사람들의 인식 변화가 선행되어야 한다. 나는 교육의 본질적 가치에 대한 중요성 인식의 확대가 필요하다고 생각한다. 아마도 획일화된 척도를 통한 과도한 경쟁의 기조가 바뀌지 않는 한 제도를 통한 다른 방식은 역효과로만 남을 것이다. 그 자체로 의미 있는 교육을 갈망하는 사회에서 비로소 좋은 교육을 위한 전환이 일어날 것이다.

교육의 문제는, 사실 교육 내부에만 있지 않다. 교육은 역사와 사회, 경제 환경과 연결되어 유기적으로 움직인다. 사교육 시장은 그만큼의 수요가 있기에 발전한다. 수요는 교육이라는 문화 자본이 경제 자본으로 바뀐다는 믿음과 그 욕구에서 나온다. 경제적 성공의 욕구는 힘든 상황에서 짧은 시간 동안 놀라운 성장을 이뤄낸 민족

적 배경에서 기인했을지도 모른다.

다변하는 요즘 시대에는 성적이 곧 수입과 삶의 질로 연결되는 예측 가능성이 예전에 비해 크게 약해졌다. 여전히 경쟁은 치열하지만, 그 경쟁에서 벗어난 삶의 방식을 선택하는 사람들이 많아졌다. 제도권 교육을 받지 않아도 얼마든지 성공할 수 있고, 자신을 표현하고 자유롭게 살아가는 데는 학술적인 공부가 필수가 아니라는 사실이 드러나고 있다. 변화하는 흐름에 맞춰 교육의 목적 또한 자연스럽게 숫자가 아닌 사람을 향해야 한다. 줄 세우기를 정당화하는 도구가 아닌 사람을 성장시키는 도구가 되어야 한다.

책을 읽는 것이 입시에 도움이 되기 때문이 아니라 그 자체로 삶을 윤택하게 만들기 때문에 즐길 수 있는 사람들이 존재하면 자연스럽게 책이 포함된 활동이 늘어날 것이다. 글을 쓰고, 예술을 향유하며 운동을 즐기는 것도 마찬가지다. 분야에 한정되지 않고 배움과 공부의 기술 자체를 가르칠 수 있는 교육이 필요하다.

더 많은 사람들이 더 나은 교육을 고민하고 방향을 찾을 때, 느리더라도 확실한 방향을 찾을 수 있을 것이다. 예전에는 그렇게 외쳤던 개혁과 변혁이 반항에 가까운 파괴적인 담론이었음을 이해한다. 하지만 언제나 바라던 교육 유토피아의 모습을 여전히 꿈꾼다. 아이들의 미소와 순수한 마음이 지켜지는 교육을 함께 꿈꾸었으면 한다.

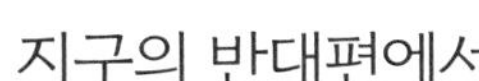

지구의 반대편에서

시작은 실없는 소리에 불과했다. 점심시간이었고 나는 칠판에 대충 세계지도를 휘갈겨 놓았다. 친구와 지도를 보며 핀란드에 관해 이야기하고 있었다. 국제학업성취도평가인 PISA에서 우리나라와 핀란드가 비슷한 수준의 높은 성취를 보이는데 학생들의 행복도나 학업 흥미도는 극명하게 갈린다더라. 북유럽의 세금과 복지 수준, 무상월급의 도입과 개인주의적인 사회 분위기가 어떻다더라.

핀란드의 교육을 다루는 책을 읽고 한동안 그 내용에 빠져있었다. 한 번쯤 정말 핀란드에 가보고 싶었다. 여러 학교를 돌아다니며 교육 문화가 어떻게 이뤄져 있는지 몸소 알아보고 싶었다. 또 다른 이유로 오로라를 보고 싶었다. 죽기 전에 한 번은 봐야 한다는 오로라의 아름다움을 직접 느끼고 싶었다.

흥미롭게 얘기를 듣던 친구는 오로라에서 함께 감탄하더니 같이 가자고 했다. 나도 물론 좋다고 했다. 그 정도의 대화였다. 진짜로 핀란드에 갈 계획을 세운 건 아니었다. 고등학생에게 유럽 여행은 너무나 먼 상상이었다. 이 대화는 진지한 여행 계획은 아니었다.

그때 뒤에서 다른 친구가 끼어들었다. 자기도 유럽을 같이 가자고 했다. 그러자고 했다. 이때까지도 나는 이 유럽이라는 소재가 지나가는 이야기에 불과하리라 생각했다.

어찌 보면 당연한 일이었다. 이 세 명은 유럽 여행처럼 커다란 계획을 함께할 만큼 막역한 사이는 아니었다. 하지만 그날 이후로 우리는 유럽 이야기를 간헐적으로 나눴고 유럽 여행은 어느 순간 기정사실이 되었다. 애초에 핀란드어를 하지 못하는 상황에서 취재를 목적으로 하는 핀란드 여행은 실현 가능성이 없었다. 핀란드의 교육을 탐구하는 여행과 오로라는 다음으로 기약했다.

유럽의 주요 국가들로 시선을 돌려 여행을 계획하기 시작했다. 여행사에서 제공하는 비행기, 국가 간 이동 기차표, 숙박을 포함한 자유여행 패키지가 눈에 들어왔다. 영국, 프랑스, 스위스, 이탈리아로 이어지는 구성이었다. 내 돈으로 가는 여행도 아니라 부모님이 반대하시면 꼼짝없이 계획이 무산될 상황이었지만, 어렵사리 허락이 떨어졌고 고등학교 졸업을 앞둔 겨울방학에 유럽 여행이 확정되었다.

12시간이 넘는 장기 비행은 처음이었다. 선잠 사이사이 눈을 떴을 때 창문 밖에 펼쳐진 이국적인 풍경은 몽환적이었다. 그렇게 공항을 나온 외국인 세 명은 놀라울 정도로 아름다운 영국의 저녁을 맞이했다. 예쁜 건물들과 깔끔한 도로의 모습. 유독 많이 보이는 노란빛. 해리포터의 한 장면에 들어온 기분으로 숙소로 향했다.

영어가 가능한 나는 여행에서 가이드 겸 소통을 담당했다. 할머니의 사진에서 본 적 있는 사자 동상과 기념탑이 있는 트래펄가 광장, 런던 전체가 보이는 관람차인 런던 아이 등 유명한 장소를 구경했다. 색색의 건물들이 늘어선 영화의 배경이 되었던 노팅힐을 걷고 극장가에서 뮤지컬 〈맘마미아〉를 봤다. 첫 뮤지컬이었다. 배우들의 연기나 뛰어난 노래, 화려한 의상은 꿈만 같았다. 대영박물관은 다른 친구들보다 내가 유독 즐겁게 관람했는데, 더 길게 둘러보지 못한 게 섭섭할 정도로 흥미로운 전시가 많았다.

런던에서의 마지막 날 일정은 타워 브리지였다. 런던의 상징이라고 할 수 있는 빅 벤이 공사 중이라 눈에 담을 수 없어 실망한 날이었다. 해가 저물어 도시의 불빛이 주변을 밝히고 있었고 타워 브리지도 밝게 빛을 냈다. 이미지로만 알고 있던 타워 브리지는 실제로 보니 생각한 것보다 훨씬 거대했다. 우리는 다리가 잘 보이는 템스 강 한 편에 몸을 기대고 사진을 찍고 다리를 감상하며 시간을 보냈다. 마침 강가에는 바람이 불었고 화려하게 빛나는 도시와 장엄한 건축물이 주는 황홀감과 더불어 나는 온몸으로 살아있음을 느꼈다. 나는 여기서 찍은 타워 브리지 사진을 무척 좋아하는데 지금도 가끔 사진을 보며 그때의 경이로운 기억을 재연해 보곤 한다.

런던은 나에게 좋은 인상을 남겼다. 자동차는 급하지 않아 사람들을 배려했고 도시는 깔끔했다. 무엇보다 익숙한 영어를 사용한다는 점에서 마음이 편안했다. 심심하면 내리는 짧은 비와 아무렇지 않게 우산조차 쓰지 않던 사람들, 노랗게 빛나던 밤의 모습. 영국의 수도는 멋진 도시였다.

파리로 넘어가는 유로스타 기차를 타기 전에 해리포터 기념품점을 들르고 싶었다. 하지만 친구들이 여유를 부리는 바람에 기념품점을 방문하지 못했고 기차역이 워낙에 넓어 기차를 출발 5분 전에 겨우 탑승하는 아찔한 상황이 벌어졌다. 이동을 담당하던 나는 불만을 표시했다. 빨리빨리 움직였으면 좋겠고, 내 말을 들어줬으면 한다고. 기념품점을 가지 못한 것도, 기차를 놓칠 뻔한 것도 조금은 짜증이 났다. 하지만 프랑스와 파리에 대한 기대감은 금방 예민함을 덮었다.

파리를 예술과 낭만의 도시로만 알고 있던 나는 시작부터 환상을 깨야만 했다. 커다란 캐리어를 하나씩 들고 입국심사를 마친 우리는 호텔로 가기 위해 지하철역으로 갔다. 나는 지도를 열심히 보고 있었다. 문이 열리고 한 친구와 나는 차에 올라탔는데 이상하게도 문 앞에 서 있던 사람들이 비켜주질 않았다. 조금 밀어봐도 버티더니 급기야 나머지 한 명은 지하철을 타지 못하고 문이 닫혔다. 돌발 상황에 당황하여 뒤를 돌아보니 이번에는 나와 함께 지하철에 탄 친구가 입구를 막던 사람들과 대치하고 있었다. 불량청소년으로 보였던 그들은 천으로 시야를 막고 가방에 손을 뻗는 수법의 소매치기 집단이었다. 다행히 분실된 물건은 없었고 네 명쯤 되던 소매

치기범들은 긴장감을 조성하다가 다음 역에서 우르르 내렸다.

다른 승객이 우리에게 프랑스어로 뭐라고 하셨는데 알아듣지는 못했지만 대충 그들을 욕해주는 내용이었던 것 같다. 일단 상황이 종료된 뒤 다음 차에서 합류해 무사히 호텔에 도착했다. 캐리어를 호텔 방에 넣어놓고 나서야 안심이 되었다.

파리 어디에서든 에펠탑을 볼 수 있다는 말은 사실이었다. 홀로 높게 서 있는 이 랜드마크는 어디서든 고개만 돌려도 찾을 수 있었다. 에펠탑이 잘 보이는 광장에서 사진을 찍고 시간을 보내다 밤에는 야경을 보러 에펠탑을 올랐다. 높이가 높이인 만큼, 밤에 에펠탑에서 바라보는 파리는 아름다웠다.

나는 높은 곳에서 세상을 내려다보는 걸 정말 좋아한다. 파리 에펠탑에서 내려다본 이국적인 도시와 풍경은 가히 예술이었다. 돌아와서는 센 강 주변을 가벼운 비를 맞으며 걸었다. Lauv의 〈Paris in the Rain〉을 휴대폰으로 틀어놓고 강가를 걸었다. 자유롭고 낭만적인 분위기가 좋았다. 걱정거리 없이 순간을 만끽하며 파리의 밤거리를 걸었다.

여행사를 통해서 그리고 검색을 통해 몽마르트르 언덕에 팔찌 강매단이 있다는 사실을 알고 있었다. 그래서 주머니에 손을 푹 찔러넣은 채로 우리는 언덕을 올랐다. 아니나 다를까 끈을 한 묶음 가지고 있는 흑인 세 명이 우리에게 다가왔다. 셋 중 가장 뒤에 있던 나를 막아서더니 키가 큰 한 명이 다가와 대화를 시도하면서 내 손을 주머니에서 쑥 잡아뺐다. 나는 연신 노 땡큐를 외치며 손사래를 쳤다. 결국 강매를 당하지는 않았지만 힘으로 팔을 잡아서 꺼낼 때는 정말 깜짝 놀랐다. 개선문에서 사진을 찍고, 파르테논 신전도 구경했다. 센 강에서 저녁에 크루즈를 타고 파리를 빠르게 한 바퀴 둘러보기도 했다. 에펠탑과 개선문, 콩코드 광장, 파리의 자유의 여신상, 폐쇄되어 있던 노트르담 성당까지 파리의 주요 관광지를 센 강을 따라 구경할 수 있었다. 에펠탑은 낮보다는 밤에 예뻤고 파리의 저녁은 항상 에펠탑이 시선을 차지했다.

파리는 런던이나 로마와 비교했을 때 서울을 가장 닮았다는 인상을 주었다. 고층 건물이 많았고 화려함이 있었다. 각종 악기나 공연을 하는 버스킹도 많았던 반면에 더러운 지하철이나 거리 등 허술함을 드러내기도 했다. 종합적으로 아름다움을 사랑하는 도시라는 사실은 알 수 있었지만 세세하게 모든 부분이 아름답지는 않았다. 그렇게 두 번이나 소매치기와 강매를 미수했던 파리를 뒤로하고 스위스 인터라켄으로 떠났다.

유럽에서 가장 높은 알프스의 봉우리인 융프라우가 있는 인터라켄으로 향했다. 앞선 도시들과 다르게 스위스는 조용했다. 커다란 건물보다는 자연으로 둘러싸인 작은 마을이 예뻤다. 동네를 산책하며 아름다운 풍경에 감탄하고 이런저런 얘기를 했다. 하이디가 살았을 것만 같은 평화로운 동네와 고요함, 파란 호수 등의 이미지가 선명하게 남았다.

융프라우는 기차를 타고 올라갈 수 있었는데, 우리처럼 정상을 향하는 관광객들이 있었는가 하면 스키를 타러 온 사람들도 많았다. 그들의 표정은 하나같이 즐거워 보였고 나는 그 모습이 멋지다고 생각했다. 안타깝게도 날씨가 좋지 않아 융프라우 정상에서 경치를 볼 수는 없었다. 눈보라가 쳐서 밖으로 나갈 수 없었고 창문 밖으로는 한 뼘도 보이지 않았다. 그럼에도 실내에 구경할 거리가 많았고 상징적인 장소에 온 기분은 낼 수 있었다. 평온하고 자연적인 스위스는 관광보다 휴양에 어울리는 도시로 기억에 남았다.

마지막 나라인 이탈리아에서는 베네치아, 피렌체, 로마 세 도시를 여행했다. 먼저 베네치아로 갔다. 차가 한 대도 없는 마을은 정말 신기했다. 수상 곤돌라도 타고, 다양한 장소를 구경하며 항구도시를 즐겼다. 피렌체 가죽 시장에서는 카드 지갑을 샀다. 다양한 금은 세공품도 구경했다. 이탈리아는 유독 길거리에 고풍스러운 건물이 많았다. 서울이 떠올랐던 파리와 다르게 유럽이라는 인상을 강하게 주는 전통적인 건물이나 성당이 많았다. 특히 로마가 그랬다.

로마는 오래된 도시처럼 느껴졌다. 조금만 걸으면 시야에 커다란 건축물이 등장했고 계획에 없던 관광 장소를 발길이 이끄는 대로 여기저기 다녔다. 콜로세움은 놀라울 정도로 커서 실제 경기장으로 사용되었을 때의 웅장함을 상상할 수 있게 만들었다. 트레비 분수 앞에 동전도 던져보고, 진실의 입을 보러 갔다가 확인한 긴 줄에 멀리서 닮아 뭉개진 얼굴만 보고 떠나기도 했다. 가장 아름다운 곳은 스위스였지만 볼거리가 많은 곳은 로마였다.

돌아가기 전 마지막 날에는 각자 여행하기로 했다. 나는 바티칸을 구경하고 마음에 드는 장소를 몇 군데 돌아다녔다. 이름도 기억나지 않는 어떤 공원에서 해가 질 무렵, 여유로운 사람들을 구경하고 묘하게 꿈같은 분위기 속 깊은 생각에 빠져 걸었다. 저녁에는 서로의 하루를 공유하고 짐을 정리했다. 돌아오는 비행기에서는 모두 곯아떨어져 금세 도착했다. 유럽에서 보냈던 2주가 그렇게 끝났다.

2주는 긴 시간이 아니다. 그러나 일상의 의무와 권태에서 벗어나 순간에 집중할 수 있는 유럽에서의 14일의 여행은 새로운 생각과 놀라움으로 가득했다. 단 며칠을 머무르며 한 나라의 사회 문화적 특징을 파악할 수 있었다고 하면 거짓말이지만, 내가 나고 자랐던 사회의 모습과 다른 점은 분명히 느낄 수 있었다. 교통수단을 이용하며 책 읽는 사람을 너무나도 흔하게 볼 수 있었다. 이후로 나는 한국에서 지하철을 탈 때면 나는 우리도 책 읽는 사람이 많아졌으면 하는 생각을 가끔 한다.

음식점이나 카페에 야외 테라스가 유독 많고, 공원에도 벤치가 흔해 여유를 즐기는 사람들을 어디서나 만날 수 있었다. 단절되지 않고 서로 연결된 사람들의 모습을 보았다. 어느 저녁 식당에서 한 번은 묘한 위화감이 들었는데, 휴대폰을 들여다보는 사람이 확연히 적고 그 순간과 눈앞의 사람에 온전히 집중하는 사람들의 에너지가 느껴졌기 때문이었다. 또한 낯선 사람에게 도움을 주고 인사를 나누는 데에 거리낌이 없어 보였다. 낯선 이에게 베풀 수 있는 친절이 어떻게 형성되었는지 궁금했다.

나는 우리 사회가 서로에게 무관심하고 차갑다고 느낄 때가 있다. 조금은 더 따뜻한 사회를 위해 마음의 벽을 조금은 허물 수 있으면 좋겠다.

반대로 유럽에서의 불편한 점을 통해 한국의 장점도 느낄 수 있었다. 인터넷 시설이나 대중교통 등의 인프라는 우리나라가 뛰어나다고 느꼈다. 내가 다닌 도시들은 유럽 주요 국가의 수도였음에도 불구하고 시설이나 서비스가 부실한 경우가 많았다.

다소 성급한 결론일 수도 있지만, 그래도 사람을 중심에 두는 문화가 퍼져있다고 느꼈다. 그 모습을 보고 우리나라에서도 너무 급하지 않고, 사람과의 관계에 집중하는 방향의 더 나은 사회를 꿈꿨다. 유럽에서 나는 새로운 문화를 접하고 삶의 방식을 경험하는 해외여행의 의미를 느낄 수 있었다. 지구의 반대편에서 그런 다양한 생각을 했다.

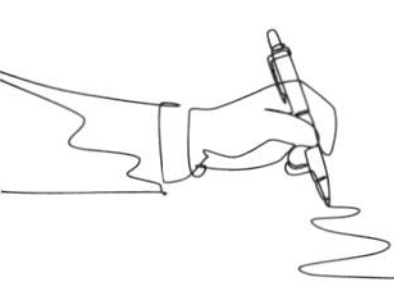

스물, 한정된 자유를 즐겼다

고등학교를 졸업하기도 전, 스무 살이 되자마자 겨울방학에 친구들과 유럽 여행을 다녀왔다. 코로나라는 전염병이 중국에서 퍼지고 있다는 말이 돌았으나 국내에서는 아직 심각성이 크지 않았다. 또한 유럽에는 전혀 코로나가 없었던 시기였다. 1월 말에 출국할 때만 해도 국내에 확진자가 3명 확인되었던 걸로 기억한다. 2월 중순에 귀국했을 때는 국내에 대략 40~50명의 확진자가 있었다. 그리고 일련의 사건들이 발생하며 국가가 팬데믹 상태에 접어들었다. 얼마 안 있어서는 전 세계가 정지했다.

코로나는 우리의 삶에서 중요한 것들을 앗아갔다. 삶의 그 어느 시기도 중요하지 않은 시기는 없고, 전염병이 도는 상황은 누구에게도 도움이 되지 않았다. 많은 사람들이 생계를 유지하기 어려워졌다. 아이들은 밖에서 뛰어놀 수 없었다. 사회란 서로가 연결되어 유기적으로 구성되어 있다는 사실을 모두가 강하게 실감했다. 누가 코로나에 걸렸다는 이야기가 여기저기서 들려왔다. 코로나는 사람들의 목숨을 빼앗았다. 누군가의 삶은 이 전염병으로 인해 허무한 끝을 맞이했고 그 사실은 남겨진 이들의 세상도 무너뜨렸다.

이 시기에 누가 가장 큰 피해를 보았는가 따지는 건 의미가 없는 일이다. 모두의 세계가 나쁜 방향으로 향했다. 오히려 책임에 얽매이지 않고 갓 성인이 되어 자유를 기다리고 있던 나는 다른 이들보다 적은 것을 빼앗겼는지도 모른다. 그럼에도 스무 살에 내가 누리지 못한 것들은 아쉽게 다가온다.

이 시기에 대학교의 신입생이 된 나는 다양한 사람을 만나야 할 때 모일 수 없었다. 신입생 환영회나 MT는 꿈도 꿀 수 없었다. 수업은 학교에서 진행되지 않았고 나는 서울로 올라갈 수 있을지도 확신할 수 없었다. 어수선한 상황 속에 뒤늦게 개방된 기숙사에 입사했다. 제한적인 상황이었지만 설레는 마음이었다. 나는 지긋지긋한 입시에서 벗어나 대학생이 되었고 경험해 본 적 없는 자유를 얻었다.

이때부터 스물한 살에 군인이 되기 전까지 내 생각은 이랬다.

"입시에 극도로 매몰된 교육의 시스템을 거쳐왔으니 나는 자유를 즐길 권리가 있다. 성인이 되어서도 시스템에 얽매이는 삶을 살고 싶지는 않다."

솔직하게 말하자면, 수업을 썩 열심히 듣지 않았다. 조별 과제가 있으면 피해가 되지 않기 위해 열심히 참여했지만 그렇지 않은 수업에서는 영 집중하지 않았다. 지난 고등학교 시절과 미래에 있는 군대를 생각한 보상 심리가 강하게 작용했다. 당시에 나는 대학 공부를 열심히 할 생각이 전혀 없었다. 비대면 수업이라는 점도 하나의 큰 마이너스 요인이었다.

인터넷 강의에는 집중해 본 적이 없었다. 차라리 학원에 다니면서 학원 선생님께 직접 수업을 듣고 친구들과 보내는 시간이 좋았다. 사람 대 사람 사이의 약속이라는 점에서 학원 숙제는 의미를 지녔고 적어도 눈앞에서 진행되는 수업에 집중하지 않은 적은 없었다.

인터넷 강의의 세계를 잘 몰랐던 나는 인터넷 강의가 뭐가 그렇게 대단한지, 이 시장이 왜 그렇게 커졌고 유명 강사들이 돈을 엄청나게 벌어들이는 이유가 뭔지 이해할 수 없었다. 사교육 시장이 비정상적으로 성장했다는 사실이 공교육의 실패를 의미한다고 생각했다.

인터넷 강의와는 다르지만 온라인 수업에 집중해 본 경험이 없는 나에게 대학의 비대면 전환이 좋은 소식은 아니었다. 처음에는 수업을 열심히 듣다가도 두어 달이 지나서는 확연히 집중도가 떨어졌다. 그도 그럴 것이, 내가 대학에서 기대한 수업은 토론이 이뤄지는 다양한 종류의 배움이었으나 실제로 마주한 수업은 온라인으로 진행되는 정보 전달일 뿐이었다.

교육이 그 내용을 통해 인간을 변화하는 역할의 의미를 고려하지 않고 경제 자본으로 변환되는 수단으로만 바라본다면 고등학교

성적은 입시로, 대학교의 학점은 취업으로 연결된다. 그리고 여전히 교육은 내재적 의미나 궁극적 목표보다는 하나의 수단으로만 다가왔다. 입시의 한복판에서도 대학에 무심했던 현실감각 없는 스무 살이 취업을 고려할 리가 없었다. 경영학과에서 배우는 내용이 나의 흥미를 끌지도 못했다. 사회가 어떻게 구성되어 있고, 인간의 삶이란 어떤 것인지 고민하고 싶었던 나에게 경영학은 속세의 기술로밖에 보이지 않았다. 회계학은 갑갑한 규칙의 숫자놀이였고, 마케팅은 판매를 늘리기 위한 추상적인 전략으로만 보였다. 적어도 내가 배우고 싶은 학문은 아니었다.

경영학을 세상의 이로움이나 의미 있는 삶과는 연결할 수 없는, 돈만을 위한 기술이라고 여겼다. 어쩌면 그렇게 생각하고 싶었는지도 모른다. 나는 여전히 관념의 세계를 살며 많은 것들을 부정하려고 했다.

이때의 내가 기대했던 대학은 무엇이었을까. 주체적인 토론으로 이뤄진 비판적 사고의 훈련을 하는 수업이나 지혜로 인생을 이끌어 줄 멘토 같은 교수님의 모습을 그렸는지도 모른다. 세상이 의미와 가치만으로 움직이지 않는다는 사실을 알면서도 나는 아쉬운 마음을 가졌다.

수업 자체에서 의미를 찾지 못했고 이제는 시험 점수에 대해 잔소리할 어른도 없었다. 학업을 손에서 놓았다. 시험에 예전만큼의 힘을 쏟지 않았다. 나는 학점을 챙기지 않았다. 코로나 시기에 후한 학점을 줬음에도 불구하고 나는 심각할 정도로 낮은 학점을 받았다. 나의 삶에 책임을 질 생각이 없었다고 해도 과언이 아니었다. 작은 핑계를 대자면, 내가 무척이나 하고 싶었던 무엇은 철학이었다.

사상가들의 이름과 이론이 아닌, 세상과 사회, 나를 이해하고 발전시킬 수 있는 본질적인 고민을 하고 싶었다. 형이상학을 고민하기 위해 형이하의 삶을 격하할 필요가 없다는 사실을 이제는 받아들일 수 있다. 하지만 그러기 위해서는 수많은 공상과 희열, 괴리와 좌절이 필요했다. 그리고 스물의 나는 여전히 관념의 구름을 걷고 있었다. 당연히 그렇다고 해서 그저 듣고 싶지 않다는 이유로 학업을 팽개친 사실이 정당화되지는 않는다. 적어도 대학에 다니기 위해 낸 등록금의 가치만큼의 의무감과 책임감은 있어야 했다.

그렇다고 모든 열정을 잃고 공허한 시간을 보내지는 않았다. 스무 살, 가장 많은 마음을 쏟은 곳은 밴드부였다. 중학생 때 조금밖에 배우지 못했던 기타를 계속 치고 싶었고 고등학생 때 경험했던 밴드의 좋은 기억도 있었다. 대학생이 꼭 되면 꼭 밴드부를 하고 싶었다. 과 밴드부에 들어갔다. 시간이 남으면 학교 밖 건물 지하에 있는 동아리방에서 많은 시간을 보냈다.

기타를 연습하기도 했지만, 사람들을 만나기 위해서였다. 음악 얘기를 통해 사람들과 친해질 수 있다는 사실이 좋았다. 기타 한 대를 사이에 두고 새로운 사람들과 즐거운 이야기를 나눌 수 있었다. 1

년 전만 하더라도 또래 친구들과는 입시 얘기만이 주된 관심사였다면 밴드부에서는 오로지 음악을 이야기할 수 있었다. 새삼 대학생이 좋다고 느꼈다.

어느 신입생이 그렇고 밴드부가 그렇듯이 먹고사는 걱정, 구차한 현실의 문제보다는 어떻게 더 좋은 공연을 만들고 함께 시간을 보낼 수 있을지 고민했다. 우리 밴드부는 실력자들이 모인 소수의 밴드가 아닌, 초보자도 악기를 배우며 함께 무대를 만들어가는 규모가 큰 밴드였다. 나는 그런 분위기도 좋았다. 연주에 뛰어나지 않아도 서로 배우고 연습하며 하나의 곡을 함께 만들어 가는 성장의 과정이 의미 있다고 느꼈다. 나도 내가 가진 작은 실력을 보태 친구들에게 기타를 가르쳐 주기도 했다.

새로운 악기에도 도전했다. 처음 다루는 드럼이나 베이스도 재밌었지만, 피아노가 가진 매력에 빠졌다. 피아노는 기타와 마찬가지로 그 자체로 완성된 연주를 할 수 있다는 점이 마음에 들었다. 어릴 적 길게 배우지 못했던 한도 있었다. 악보를 읽는 법을 처음부터 배워 하나하나 음을 읽고 건반을 눌러가며 주먹구구식으로 피아노를 연습했다. 타이타닉의 OST 〈My heart will go on〉을 끝까지 칠 수 있게 되었던 때를 아직도 기억한다. 감상을 넘어 자기 손으로 음악을 연주하는 경험은 여러 차원에서 높은 가치가 있다고 믿는다.

그리고 역시 혼자서 하는 음악보다 사람들과 함께하는 밴드의 기억이 강렬하게 남았다. 코로나로 인한 규제가 완화되고 일부 모임이 가능하던 여름이었다. 우리는 관객은 초대하지 못하더라도 우리끼리의 공연을 준비했고 방학 동안 나는 본가로 내려가지 않고 할머니 댁에서 지내며 여름 공연을 준비했다. 나는 여러 곡에 참여하며 연습 세션에 열심히 참여했다. 다양한 악기와 노래가 어우러져 모두가 하나의 노래를 만드는 경험을 해본 사람은 음악이 얼마나 가슴 뛰는 일인지 알 것이다. 프로 뮤지션이 될 것도 아니고 엄청난 실력자가 되기 위한 연습도 아니었다.

음악을 통해 삶을 향유하고 싶은 좋은 에너지를 가진 사람들이 모여 함께 보내는 낭만적인 시간이었다. 동아리방에서 많은 시간을 보내고 곡도 여럿 준비한 나는 1학년 대표까지 맡았다. 맥주 한 병을 들고 서로의 공연을 감상했던 여름 공연은 그렇게 잘 마무리되었다. 즐거울 것만 같았던 밴드 생활은 하반기에 들어서며 코로나라는 벽에 강하게 부딪혔다. 2학기 공연 계획이 잡히고 곡을 연습하던 와중에 확진자가 급증하며 모임 제한이 생겼고 가을 공연은 흐지부지되었다. 여전히 수업에 흥미를 못 느끼는 철없는 대학생에게 세상은 야속하게도 자유라도 만끽할 수 있도록 넓은 모습을 허락하지 않았다.

한편, 기숙사에서도 친구들과 좋은 시간을 보냈다. 소소하지만 즐거운 신입생 생활을 만끽했다. 학교 벤치에 앉아 맥주 한 캔에 다양한 얘기를 나누는 것이 우리에게는 행복한 일상이었다. 생각은 말로 만들어질 때 구조를 갖추고 의미를 확인받을 수 있다. 말도 많고 말하기도 좋아하는 나는 내가 가진 수많은 생각들을 친구들과 함께 나누었다. 교육, 세상, 철학과 과학, 삶에 관한 생각을. 화려한 경험이나 기억보다도 소중한 날들이었다.

삶이란 특별한 날들보다 반복되는 일상으로 이뤄져 있고, 일상을 가꾸는 쪽이 삶의 의미를 만드는 데에 커다란 사건보다 크게 기여하며 이 단단한 하루하루가 특별한 날들을 더욱 특별하게 만들어 준다. 고등학생 시절에는 느낄 수 없었던 일상의 잔잔한 행복을 느낄 수 있었다.

책임 없는 자유는 일면 허무함을 불러왔다. 마음 한쪽에는 책을 내지 못하고 졸업하며 상처받은 자아가 나를 괴롭혔다. 눈앞에서 억압하는 시스템이 사라지고 자유가 찾아오자 야속하게 찾아온 안정에 스스로를 자책했다. 세상은 변하지 않았지만, 나를 둘러싼 환경이 변하자 지난 나의 3년을 지배하던 교육에 관한 생각은 조금씩 흐릿해졌다. 입시 교육은 더 이상 나의 첫 번째 관심사가 아니었다.

나는 억지로 내가 느꼈던 분노와 변혁에 대한 갈망을 떠올리곤 했다. 이를 동력으로 책을 읽고 여전히 교육과 사회의 많은 부분을 고민했다. 하지만 한동안 다시 꺼내지 않을 걸 알고 책장에 꽂은 책의 느낌으로 마음의 구석에 남았다.

책을 내겠다고 여전히 말하고 다녔다. 양치기 소년의 꿈은 여전히 존재했다. 그리고 실제로 글을 놓지 않았다. 지하철에서는 책을 꽤 읽기도 했고 조금은 넓어진 시야를 에세이에 풀어내고자 했다. 하지만 이전만큼의 목표 의식이나 확실함은 잘 느껴지지 않았다. 교육을 바꾸겠다는 나의 다짐과 지난 3년의 과정은 단지 내 눈앞의 부조리에 대한 이기적인 분노였을까. 나는 여전히 나의 삶을 바쳐 교육의 변화를 위해 노력하겠다고 말할 수 있을까. 책을 내지 못한 나에게 스스로 부여했던 자의식은 여전히 유의미할 수 있을까.

자유가 주는 새로운 삶의 방식은 즐거웠고, 허무할 정도로 갑자기 사라져 버린 입시의 외부적 억압과 역시 희미해진 그에 관한 나의 의식은 생각은 많은 성찰과 고민을 낳았다. 그 와중에 코로나는 세상을 괴롭히며 나의 자유마저도 제한했다. 더 많은 사람들을 만날 기회를 박탈당한 기분이었다. 나는 사회, 자유, 책임, 삶의 목표 등의 새로운 고민거리를 안은 채 성인이 된 첫해를 보냈다.

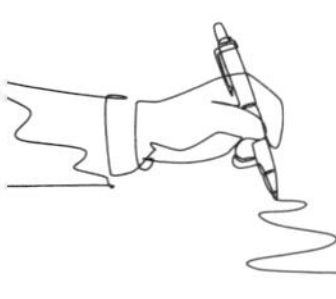

우리는 모두 순간에 산다

우리는 언제나 순간을 산다. 시간은 직선적이고 거스를 수 없으며 이어져 있다. 우리는 오직 지금만을 의식할 수 있다. 과거도, 미래도 모두 경험할 수 없는 허구의 시간이다. 오로지 지금의 나만이 존재할 뿐이다. 그렇기에 현재를 올바르게 살아내지 못하는 사람은 결코 좋은 삶을 살 수 없다. 과거의 순간에만 머물러 앞으로 다가올 수많은 현재의 시간을 흘려보내는 태도는 건설적이지 않다. 그리고 우리는 자주 미래를 위해 현재를 과하게 희생하는 삶의 방식을 택하기도 한다. 또는 사회적 압박에 의해 그런 방식을 타의로 선택하기도 한다.

좋은 성적을 위해 어릴 때부터 소화하기 힘든 학원 스케줄과 학업 스트레스를 경험하게 되는 아이들, 사람들과의 연을 끊고 몇 년째 시험을 준비하는 청년들. 이들에게 현재는 소중한 시간이 되기 어렵다. 오직 미래의 어느 순간에 얻게 될 성취를 위해 현재를 경시하는 것이다. 그렇게 살다 보면 목표하는 바에 다다를지 모른다.

그러나 나는 황폐해진 삶을 거쳐 도달한 곳에서는 비옥한 토지를 찾을 수 없다고 생각한다. 나를 아끼고 삶을 가꾸는 것은 노력을 필요로 하고 습관이 되어야 하는 일이다. 나만의 세계에 빠져 주변의 삶을 가꾸지 못했던 시기에 나는 행복하지 못했다. 눈을 반짝이며 열정을 쏟을 수 있는 관심사, 효능감을 느끼게 해주는 의미 있는 일, 즐거움을 가져다주는 취미 생활, 편안함을 느낄 수 있는 가족과 친구 관계. 좋은 삶에는 필수적으로 세워야 하는 기둥이 있는 게 아닌가 생각한다. 겨우 도착한 목적지에서 주변을 둘러보았을 때 삶에서 사랑하는 부분이 몇 없다면, 그런 삶을 성공이라고 할 수는 없다.

좋아하는 영화를 이야기할 때 〈죽은 시인의 사회〉를 빼놓지 않는다. 영화 속 억압된 학생들의 모습에 나를 투영하며 함께 성장을 도모했다. 학생들에게 삶의 의미를 알려주고 세계를 넓혀주기 위해 노력하는 키팅 선생님의 모습을 닮고 싶었다. '의학과 법률, 경제와 공학은 고귀한 목적이며 삶을 유지하는 데 필요하지. 하지만 시와 아름다움, 낭만과 사랑은 우리가 살아가는 이유인 거야.' 이 문장은 영화에서 유명한 문장으로 처음 만난 순간부터 머릿속에 박혀 지금도 내 삶에서 길잡이 역할을 하고 있다.

영화의 또 다른 유명한 구절은 현재를 잡으라는 뜻을 가진 라틴어, 카르페 디엠(Carpe Diem)이다. 나는 나중의 행복을 위해 현재를 너무 희생하지 말 것이라는 의미로 카르페 디엠을 이해한다. 미래는 어떻게 될지 모르니 오늘이 마지막인 것처럼 살아도 괜찮다는 건 아니다. 삶을 유지하기 위해서는 분명 의무와 책임감을 가지고 하기 싫은 일도 버티며 노력해야 한다. 단지 그 과정에서도 사람들이 삶에 의미를 가져다주는 본질적인 활동을 놓지 않았으면 한다. 내가 카르페 디엠을 실천하는 방식 중 하나는 다양한 취미 생활이다. 그 자체로 나에게 만족감을 주고 즐거움을 줄 수 있는 행위를 통해 삶을 풍성하게 만들려고 노력한다.

초등학생일 적 종이접기를 좋아했다. 알록달록한 색의 색종이도 좋고 반듯하게 선을 접을 때 기분이 좋았다. 단계별로 종이를 접어가며 작품을 완성했을 때 느끼는 뿌듯함도 있었다. 그리고 다시 고등학생이 되어 우연히 복잡한 종이접기의 세계를 동영상으로 접했다. 좀 더 찾아보니, 어릴 때 알고 있던 것보다 종이접기의 세계가 넓다는 사실을 알게 되었다. 한 장의 종이를 자르거나 붙이지 않고 만드는 이 예술 활동은 보통 생각하는 간단한 종이접기로는 상상도 할 수 없는 놀라운 디테일의 작품을 만들 수 있다. 용의 다리, 머리, 뿔은 물론 비늘까지 표현한 초고난도의 작품을 처음 봤을 때 받은 충격을 아직도 잊을 수 없다.

나는 손재주가 나쁘지 않은 편이라고 자신하는데, 그런 자신감이 무색해질 만큼 어려운 작품을 자주 만난다. 하지만 난이도가 있기에, 며칠을 집중해서 반듯한 선을 내고 종이를 접어 만든 작품은 더욱 자랑스러워진다. 고민이 많았던 고등학교 3학년, 그리고 일상에서 새로움을 만들기 어려웠던 군 생활 중에 종이접기는 내가 몰입할 수 있는 소중한 취미였다. 커다란 종이 한 장에서 시작해 수백

번의 접기를 통해 만들어지는 예술. 창조의 경험은 인간이 느낄 수 있는 최고의 즐거움 중 하나라고 생각한다. 나의 손으로 아름다움을 만들어낼 때 느끼는 황홀은 스스로와 삶에 대한 사랑을 키운다고 믿는다. 꾸준히 종이접기를 연습하고 이어가서 언젠가는 아이들에게 종이접기를 가르쳐 보고, 내 작품을 창작하고도 싶다.

가장 좋아하는 취미는 음악이다. 주관이 정말 없었던 9살에, 1년 좀 넘게 다닌 피아노 학원을 어머니의 권유로 그만뒀다. 내색하지 않았지만, 속으로는 피아노를 더 배우고 싶었던 것 같다. 워낙 어릴 때의 일이라 정확히 기억나진 않지만, 피아노 학원에 가는 걸 좋아했던 기억은 있다. 학원 선생님도 내가 습득이 빠르고 재능이 있다고 말씀하셨다고 나중에야 들었다. 내가 음악을 들으면 상대적 계이름을 바로 알아채는 상대음감이 꽤 좋은 편이라는 사실을 학교 음악 시간에 알게 되었지만, 음악을 따로 배울 일은 없었다.

중학교 3학년, 역시 어머니의 권유로 통기타를 배우게 되었다. 나는 꽤 기타에 재미를 붙였고 제법 값이 나가는 예쁜 기타도 사게 되었다. 하지만 고등학생이 되면 기타 레슨을 그만둬야지 않겠느냐는 어머니의 말에 역시 그저 따랐다. 한창 재미를 붙이고 실력이 늘 수 있던 시기에 나는 기타를 그만뒀다. 고등학생이 되어서도 가끔 기타를 쳤지만, 스스로 실력을 갈고닦기보다는 이미 아는 곡을 연습하는 정도였다. 말을 잘 듣는 것을 넘어, 주관을 드러내지 못했던 어릴 적 나의 모습은 가끔 안타깝게 느껴진다.

지금도 어렸을 적 가장 후회하는 일은 바로 악기를 더 배우지 않은 것이다. 그렇지만 좋아하는 음악을 배울 수 있었다는 점을 본다면 행운이었다. 지금이라도 음악을 계속할 수 있어서 다행이다.

스무 살에 대학을 입학하면서, 나는 밴드부에 들어가고 싶다는 확고한 생각을 가지고 있었다. 그렇게 들어간 과 밴드부에서 나는 스무 살을 충만하게 만들어 주는 최고의 경험을 얻을 수 있었다. 밴드 활동을 하며 피아노에 다시 관심이 가기 시작했고, 악보를 한 음씩 읽어가며 뻣뻣한 손가락으로 건반을 눌렀다. 무식한 방법으로 시작해 진도가 느렸지만 손이 기억하는 멜로디의 선율이 너무나도 즐거웠다. 겨우 한 곡을 완성해 냈을 때 나는 부끄러움이 아닌 뿌듯함과 자신감을 얻었다.

그 후로도 내가 좋아하는 노래들을 한 곡씩 연습해 오고 있다. 피아노를 오래 쳐온 사람들보다 곡을 완성하는 데에 시간도 오래 걸리고 실력도 부족하지만 상관없다. 음악은 능력의 비교가 아니라 아름다움을 위해 존재한다. 기타 실력도 화려하진 않지만, 코드를 보면 노래의 반주를 자연스럽게 할 수 있는 정도는 된다. 기타 한 대를 사이에 두고 각자 좋아하는 노래를 나눠가며 부를 때의 기억은 내 대학 생활의 청춘으로 남았다.

휴학을 하면서 기타와 피아노를 배우며 앞으로 평생 음악을 하고 싶다고 마음먹었다. 악기를 손에 잡았던 시간이 있으니 초보자는 아니지만, 여전히 나는 악기 실력이 뛰어나지는 않다. 그러나 전문

연주가가 되려고 하지 않는 이상, 즐길 수 있는 정도의 연주를 할 수 있음에 나는 만족한다.

많은 사람들이 노래 감상을 취미로 가진다. 하지만 모든 사람이 악기를 연주하지는 않는다. 나는 음악을 내 손으로 연주할 때의 행복을 사람들이 느껴보길 바란다. 예술을 향유하는 좋은 방법은 소비를 넘어 생산자가 되어 삶과 예술을 연결하는 것이다. 악기 연주는 뇌의 수많은 영역을 동시에 활성화하는 고차원적인 활동이기도 하다.

나는 밴드부에 들어가서 내가 좋아하는 노래를 사람들과 함께 만들어 가며 행복한 스무 살을 보냈다. 아직도 그때의 노래를 들으면 꿈같은 기분을 느끼곤 한다. 군 생활을 하면서도 밴드와 음악은 사람들과의 유대를 돕고 무료함을 달래주었다. 봉사 동아리에서도 부원들, 그리고 아이들과 음악을 함께할 수 있었던 경험은 나에게 모두 소중한 기억으로 남았다.

삶에 여유가 생기면, 꼭 작곡을 해보고 싶다. 노래를 들을 때 가사를 중요하게 생각하는 편이다. 가사가 아름다운 노래를 모아놓고 듣는 것을 좋아한다. 나도 좋은 가사를 써서 내 손으로 좋은 노래를 만들어 보고 싶다. 상업적인 성공이나 유명세가 아닌 창작의 기쁨과 음악의 아름다움을 느끼기 위해서.

그 외에도 살면서 하고 싶은 활동은 수없이 많다. 하나의 운동을 꾸준히 이어가고 싶고, 그림을 배워보고 싶다. 사진을 찍으러 여행을 다니고 싶고 더 많은 예술에 발을 들이고 싶다. 작은 도전을 쌓아가며 삶을 구성해 가고 싶다.

우리가 하는 일이 꼭 직업이 되거나 남들보다 뛰어나야 하는 건 아니다. 사람들이 삶에 즐거움과 의미를 부여하는 다양한 활동을 해나가는 세상이었으면 좋겠다. 뻔한 조언일지도 모르지만, 삶의 끝에서 우리가 무엇을 향하고 있는지 질문을 던져보았으면 한다.

어떤 것은 목표고, 어떤 것은 수단이다. 그 자체로 의미를 부여하는 많은 목표를 설정하자. 좋은 삶은 수단과 목표를 분명히 구분하고 궁극적으로 목표를 향할 때 가능해진다. 삶에 의미를 주는 순수한 흥미에 의해 몰입하는 시간을 늘리면 좋겠다. 자신의 개성을 찾아가고 자아를 형성하는 방식을 고민할 수 있으면 한다. 내가 현재를 즐기는 방법을 이어갈 수 있으면 하고 누군가에게 그런 환경을 제공하는 사람이 되고 싶다.

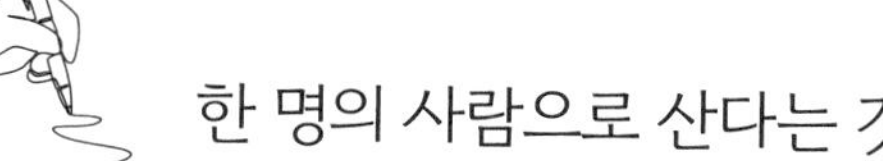

한 명의 사람으로 산다는 것

획일화된 교육을 고민하던 고등학생 시절 나는 더 나은 사회의 모습을 꿈꿨지만, 좋은 삶을 살고 있다고 말하기 어려웠다. 친구와 가족관계에서 마땅한 노력을 하지 않았다. 나의 행복에 지나치게 무관심했다. 부모님과 대화를 시도하지 않았고, 누나와는 거의 교류가 없었다. 친구들에게 먼저 다가가지 않았고, 자신에게 각박했다. 성인이 되고 사회적 문제에 매몰되어 있던 좁은 시야를 넓혀 사람을 바라볼 수 있게 되었다. 삶의 주체인 나를 발견했고 각자의 주체인 타인의 중요성을 느꼈다.

삶이란, 한 명의 사람으로 살아가는 것이라는 당연한 사실을 뒤늦게 깨달았다. 나는 정책을 고안하기 위해 발명된 컴퓨터도, 시험문제를 풀기 위한 시스템도 아니었다. 사람이라는 존재로서 나 자신과 주변의 사람을 바라보고 나아가야 하는 한 명의 사람이었다.

비판적 사고를 통해 세계를 받아들이는 방식이 반드시 옳다고 여겼던 적이 있다. 끊임없이 질문하고 더 나은 해답을 찾는다는 방식은 발전을 보장하는데, 어째서 이 방식을 모두가 내세우지 않는지 고민했다.

논리적인 관점에서는, 여전히 그렇게 믿는다. 있는 그대로 받아들이지 않고 옳고 그름을 항상 판단하며 더 나은 답을 향해 나아가는 건 당연히 변증법적으로 발전하는 방법이다. 그러나 우리는 한 명의 사람으로 살아간다. 어느 것도 그대로 받아들이지 않고 비판하며 분석하는 건 피곤함을 넘어 불가능한 일이다. 사람은 기계가 아니다. 생존하기 위해 기본적인 욕구를 충족해야 하고, 감정과 이성을 동시에 지닌다.

나의 사고와 행위의 동기를 고민하다가 상심에 빠진 적이 있다. 교육이 잘못되었다고 믿고 세상을 바꾸고 싶어 했지만, 왜 그런가를 깊게 파헤쳐 보지 않았다. 공동체의 이익은 사익만의 추구보다는 높은 가치라는 나의 옳고 그름의 판단에는 흔들림이 없지만, 왜 나는 그것을 위해 행동하는가? 도덕적으로 낫고 옳은 행위를 우리가 반드시 행하지는 않지 않은가. 여러 이유가 있겠지만 가장 큰 이유는 나의 자아실현이었다. 선천적인 경향성과 후천적인 사고로 인해 나는 지식을 통한 사회의 발전을 꿈꾸게 되었고 이런 고민과 공부가 가장 큰 만족감을 주기 때문이었다. 타인을 배려하는 마음도, 조금의 애국심도 있겠지만 가장 큰 이유는 나를 위함이었다.

뭔가 이상하다고 느꼈다. 더 나은 세상은 분명히 이타적인 가치인데, 행위의 동기는 개인적인 효용이 가장 크게 작용하는 상황이었다. 그렇다면 도벽에서 즐거움을 느끼는 좀도둑과 나는 욕구 충족을 위한다는 점에서 같은 수준의 동기를 가지고 있는가? 나의 도덕성과 가치 추구의 정당성에 의문이 생겼다.

그러나 윤리학 공부와 더불어 한 명의 사람이라는 행위 주체에 집중했을 때 이 의문은 해결되었다. 인간의 모든 행위는 이 방식으로 바라보았을 때 자아 만족이라는 공통된 동기를 지니게 된다. 봉사는 타인에게 도움이 되는 행위이다. 하지만 봉사는 개인의 자아 존중감 고취와 사회적 평판 등에도 도움이 된다. 오직 타인을 고려한 행위 또한 개인과 연결하자면 신념과 자아 통합성을 지키는 행위로 분석할 수 있다. 즉, 사람의 모든 동기의 근원을 개인의 이익이라고 생각하는 태도는 행위자가 인간이기 때문에 가능한 지나친 환원적인 관점일 뿐이었다.

당연하게도 사람은 어떤 의미에서 자신에게 도움이 되는 일을 한다. 행위자와의 연관성만으로는 도덕성이나 정당성을 동등하게 평가할 수 없다는 결론에 도달했다. 적어도 더 나은 세상이라는 꿈은 사회에 도움이 되는 정도에서 당연하게도 좀도둑의 계획보다는 좋은 목표로 보였다.

인간의 행동은 언제나 이성적이지도 않다. 사람은 언제나 결과가 더 좋은 행동을 선택하지 않는다. 건강에 좋은 음식보다 몸에 나쁜 맛있는 음식을 찾고 힘든 운동보다는 누워있는 상태를 편안하게 느낀다. 순간의 만족을 위해 지속가능성이 낮은 방식을 택하기란 무서울 정도로 유혹적이다. 신년 계획은 무너지기 마련이고 기가 막히게 계획한 내일은 마음먹은 대로 흘러가지 않는다. 당연한 일이다. 우리는 지성체이기 전에 생명체이고, 유전자가 설계된 대로 생존에 유리한 행동을 선호한다. 그리고 그 사실은 가끔 독처럼 느껴진다.

육체와 시간은 한정되어 있기에 많은 일들은 불가능해진다. 기억은 휘발된다. 태어날 때부터 사람의 많은 특징은 결정되어 있다. 그 사실은 불공평하게 느껴지기도 한다. 살면서 우리는 언제나 한계를 맞이하게 된다. 그러나 인간은 한계만을 지닌 무기력한 존재가 아니다.

삶에는 어떤 의미가 있다고 생각하는가. 나에게 삶은 그 자체로는 무의미하다. 우리는 의지와는 무관하게 세상에 내던져졌다. 무엇도 선택하지 않은 채로 그저 태어났을 뿐이다. 우리의 실존은 필연이 아닌 우연에 가깝다. 삶이 부조리하게 느껴진다면, 그것은 당연할지도 모른다. 생명체의 활동은 자연현상일 뿐 내재한 숭고함이란 없다.

그러나 세상에 내던져진 수많은 존재 중에서 인간은 다른 존재와 차별되는 능력을 지니고 있다. 과거가 이미 주어진 역사적 상황이라면, 미래는 가능성을 지닌 미지의 시간이다. 인간은 미래를 향해 자신을 내던질 수 있다. 현재는 음악에 대해 무지하더라도 배움을 통해 노래를 만들 수 있고, 아이들을 가르칠 자격을 얻어 선생님이 될 수 있다. 미래라는 가능성의 세계는 우리의 선택에 따라 모습을 드러낸다. 그렇게 인간은 단순히 물질의 작용으로 환원되지 않는 수많은 관념을 안고 살아갈 수 있다. 사랑, 우정, 희망을 품을 수 있다.

세상에 도래했을 때는 무엇도 주어지지 않은 채로 던져졌지만, 수많은 선택을 통해 지금의 내가 규정된다. 그리고 앞으로의 삶은 지금까지의 역사를 기반으로 앞으로 행할 수많은 선택으로 결정된다. 삶의 의미, 본질은 오로지 자신이 부여해야 한다. 우리의 본질은 우리의 선택과 삶의 방식에 달렸다. 던져진 존재인 인간이 선택을 통해 자신을 규정하며 살아가야 함은 필연적인 숙명이다.

자아와 육체를 지닌 인간으로 세상에 왔다는 사실은 축복이라고 생각한다. 물론 그 사실은 수많은 한계와 어려움을 의미한다. 복잡하게 사고하지 않는 동물의 삶보다 인간의 삶은 훨씬 어려울지도 모른다. 그러나 인간이기에 의미 있는 삶의 많은 요소는 소중하게 느껴진다. 사고할 수 있는 능력은 육체의 성장이 끝나도 정신이 성장할 수 있다는 가능성을 열어준다. 언어를 통해 서로에게 불완전할지라도 생각을 전하고 감사를 표할 수 있다. 힘든 상황에서도 희망을 떠올릴 수 있다.

한 명의 사람으로 살아간다는 사실은 나에게 겸손과 관용을 떠올리게 한다. 나는 완벽한 존재가 아니고, 타인도 마찬가지다. 그렇기에 유대해야 한다. 나 자신을 배려하고, 관계를 소중히 해야 한다. 다른 무엇이기 전에 우리는 한 명의 사람이기 때문이다. 타인과 나는 다르고 그렇기에 서로를 완전히 이해할 수는 없지만, 이해를 시도할 수는 있다. 인간이기 때문에 각자의 삶에서 선택을 할 수 있고, 의미를 만들 수 있다. 그렇게 나아가고 싶다. 미숙함을 인정한 겸허한 한 발씩을.

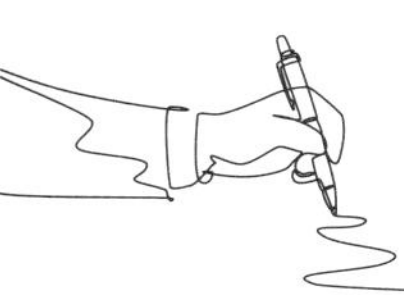

스물하나, 목적을 잃고 헤맸다

해가 바뀌어도 코로나는 사라질 기미가 없었다. 무너진 세상과 잃어버린 것들에 사람들은 익숙해지고 있었다. 비대면 사회에 적응하며 그 속에서의 구조가 만들어지고 있었다. 언제 끝날지 모르는 전염병에 여전히 모두가 지쳐있기도 했다. 동시에 나는 한순간에 얻은 자유의 무게를 견디지 못했던 것 같다. 책임 없는 삶은 허무했고 내가 하는 일에서 효능감을 얻지 못했다. 여전히 세상과 강렬하게 상호작용하고 싶은 자아는 수그러들지 않았다. 커다란 간극 속에서 한때 빛나던 마음은 나동그라졌다.

두 학년 기수로 운영되는 밴드에서 2학년은 주가 되어야 했지만, 어떤 행사도 장담할 수 없었다. 새내기 배움터에서의 공연을 보지도, 하지도 못한 기수가 되었다는 사실이 침울했다. 새로운 부원을 뽑고 학기 중에 몇 곡을 연습해서 영상으로 남기는 게 최선이었다. 공연을 할 수 없는 밴드는 정체성을 유지하기 어려웠다. 여름방학에도 공연이 취소되며 나는 입대를 결심했다.

군대 문제는 어느 순간부터 나를 강하게 집어삼키기 시작했다. 이 시기에 나는 정신적으로 건강하지 못했다. 대학 수업에 여전히 흥미를 제대로 붙이지 못했다. 수동적인 태도로 의미가 나에게로 다가오기를 바랐다. 주체적으로 삶을 살아야 한다는 생각과 삶의 태도가 일치하지 못했다. 의미를 만들 수 있는 주체는 결국 개인이다. 생각하는 대로 살지 않는 삶은 훌륭한 삶이 아니다. 말하는 바와 반대로 행동하는 삶은 위선일 뿐이다.

흥미롭다고 생각한 수업이 있었음에도 내가 원하는 만큼의 집중력을 쏟지 못해 자신을 자책하기도 했다. 코딩을 통해 데이터를 가공하고 시각화하는 수업이었다. 교수님의 방식이나 수업의 내용이 좋다고 느꼈다. 하지만 온라인 수업을 흘려듣고 노력을 기울이지 않으니 학기 말에는 내용을 따라가기 급급했다. 계획했던 것보다 초라한 결과물을 받아들여야 했다. 스스로의 능력에 대한 확신이나 기대가 흔들렸다. 더 나은 교육과 세상의 모습을 꿈꿨지만, 여전히 무엇도 이루지 못했다. 게다가 이런 상태로는 앞으로 무엇도 이룰 수 없을 것만 같았다. 무능력함과 불확실성만을 강하게 느꼈다.

자취를 시작했으나 생활을 가꿀 의지가 없었기에 일상의 패턴은 깨지고 있었다. 나는 하염없이 게임을 하거나 잠을 자곤 했다. 정신이 맑지 못했다. 이 시기에 나는 주변의 사람들에게도 좋은 영향을 주는 사람이 아니었다. 사람이 가진 에너지는 전파된다. 내가 선한 영향력을 꿈꾸던 것처럼 부정적인 기운도 분명히 전해진다. 자기 중심적인 태도로 타인을 배려하지 않았고 예전처럼 나의 목표나 꿈을 잘 이야기하지 않았던 것 같다. 배려, 노력, 관계에 대한 성찰은 결국 이 시기를 지나고서야 할 수 있었다.

그러나 사람과의 관계는 단순한 개인적인 경험이나 사건이 아니다. 실패에서 교훈을 얻고 다음에 잘하면 된다는 태도를 가지려면 책임을 온전히 자신이 지게 되는 일에 대해 그렇게 말해야 한다. 관계에 남긴 오점은 타인에게도 남는다. 나의 행동이 타인의 세계에 남기는 물결에 대해서는 더욱 깊이 고민해야 한다는 사실을 그때는 알지 못했다. 어학병을 지원했지만 떨어졌다. 그 뒤로는 큰 고민 없이 일반물자보급병 특기로 최대한 빠른 입대 날짜를 정했다.

논산훈련소에서 무심하게 연병장으로 향했다. 수많은 낯선 사람들의 행렬을 따라 많이도 걸었다. 정신을 차렸을 때 나는 소대와 분대를 배정받고 저녁으로 전투식량을 배급받았다. 먹어본 사람은 안다. S형 전투식량의 생쌀을 겨우 벗어난 듯한 밥의 식감과 애매한 건더기와 소스의 맛. 나는 이 맛없는 밥을 앞으로 수없이 먹어야 하는 줄 알았다. 그래서 적응해야 한다는 생각으로 우직하게도 끝까지 전투식량을 먹었다.

첫날 밤부터 불침번이 있었다. 비상 상황에 대비한다는 명목으로 사람들이 잠의 중간에 깨서 한 시간 반을 멀뚱멀뚱 서 있어야 하는 상황은 받아들이기 힘들었다. 은은한 취침 등이 비추는 8개의 2층 침대와 알 수 없는 복잡한 공허함이 가득한 생활관에서 새벽에 오만 가지 생각을 했다. 하루가 군 생활의 몇 퍼센트를 차지하는지 계산해 보고, 나의 가까운 미래를 걱정해 보았다.

코로나가 다시금 기승을 부리는 시기였고 우리 연대에서 확진자가 나와 격리가 길어지기도 하며 다행히 비교적 훈련소 생활은 빡빡하지 않았다. 물론 심각할 정도로 불편한 일상적 제약과 암담한 미래, 괴상한 규칙 따위는 나를 괴롭혔다. 하지만 다양한 사람들과 함께 지내며 마음은 오히려 안정되어 갔다.

군대라는 조직은 아마 내가 살면서 접했던, 그리고 앞으로 접할 가장 다양한 배경의 사람들이 모인 조직일지 모른다. 병역의 의무를 지닌 현역 판정을 받은 남성이라는 점 외에는 어떤 공통점도 찾기 어려운 전국의 사람들이 모여있었다. 배우 지망생, 소방관, 축구선수, 대학생, 자동차 정비사 등. 다양한 직업과 배경, 특징을 가진 생활관 동기들과 친구가 되었다. 감사하게도 유별나게 모난 사람이 없었고 나는 모두와 이야기하기를 즐겼다.

그중 지금도 친하게 지내는 한 동기와는 좋아하는 소설을 공유하고 철학을 나누며 토론했다. 일상적인 코드도 잘 맞아 단순히 웃고 떠들기만 해도 즐거웠다. 무더위에 밥을 먹고 오면 모두 땀에 젖어 선풍기 앞에 모여들었던 기억을 이제는 우습게 회상할 수 있다. 고작 밥을 먹으러 갈 때도 대형과 제식을 맞추어 우스꽝스럽게 하나, 둘, 셋, 넷을 다채로운 박자로 쪼개어 외치며 걸어가야 하는 이유는 여전히 모르겠지만, 적당한 규율과 다양한 사람들은 삶에 활력을 불어넣었다.

이 무렵, 다시 책을 써야겠다고 강하게 마음을 먹었다. 대학생이 되고는 마음 한쪽에 남아 맴돌며 나를 괴롭혔던 생각이 다시금 살아났다. 내가 믿는 교육의 목적과 성장의 가치, 세상의 모습을 사람들과 나누며 희망을 키웠다.

군대의 논리는 나를 괴롭게 만들었지만, 영혼은 조금씩 불씨를 살려갔다. 힘들었던 야간행군, 하늘을 올려다보고 동기와 윤동주의 〈별 헤는 밤〉을 읊으며 무거운 발걸음을 하염없이 옮길 때는 숭고한 마음마저 들었다. 마지막으로 집합해서 들었던 연설 중 '자살하지 말라, 너만 손해다'라는 잊을 수 없는 조언을 기억에 남긴 채, 엉성하게 군인의 규율을 익힌 나는 훈련소를 퇴소했다.

특기를 배우기 위해 대전의 종합군수학교로 갔다. 주로 보급품 관련 행정 시스템을 다루는 법을 배웠는데 군 생활 동안 결국 한 번도 사용하지는 않았다. 교육보다는 배식 조를 했던 기억이 강렬하다.

하필 우리 기수가 후반기 교육을 받는 동안 급식 전반의 일을 맡는 배식 조를 담당했다. 나는 음식물 쓰레기, 소위 짬통을 버리는 역할을 맡게 되었다. 하루 세 번 내 몸무게 정도 되는 무거운 음식물 쓰레기통을 매 끼니 힘겹게 비워내고 나면 몸에서 쓰레기 냄새가 났다. 배식 조가 아닌 동기에 비해 자유 시간은 한정되었고, 고생에 대한 보상은 없었다. 불공평하다고 느껴도 어찌할 도리는 없었다.

이곳에서 나는 명령이라면 어떤 종류의 인력이든 제공해야 하는 국방기관의 조각이라는 사실을 체감했다. 그 안에서 사람들은 어리바리한 동기에게 짜증을 내고, 서로 불평을 늘어놓을지언정 시스템에 대해서는 복종할 수밖에 없었다.

양주로 자대 배치를 받았을 때, 훈련소나 후반기 교육에 비해 자유로운 분위기에 조금은 안심했다. 취침 시간 이후에 공부할 수 있는 연등을 매일 신청해 책을 읽고 글을 쓰곤 했다. 수면 시간이 부족하게 느껴지기도 했지만, 나를 위해 쓸 수 있는 시간이 적었기에 포기할 수 없었다.

부대의 업무도 익혀갔다. 내가 속한 보급 중대의 주요 업무는 매주 월, 수, 금요일마다 주변 부대들의 부식 배급을 담당하는 부식 작전이었다. 할당된 채소 혹은 냉동 냉장 품목을 할당표에 맞게 주변 부대에 나눠주는 일이었다. 일반적인 육군의 일과시간보다 일찍 작전을 시작했고 업무는 점심시간이 지나서야 끝이 나기도 했다. 답답한 일도 많았다. 그럼에도 나는 주어진 일에 최선을 다하고 나를 위해 쓸 수 있는 짧은 시간도 생산적으로 보내기 위해 노력했다.

전입 초에는 잠시 선임들에게 안 좋은 인상을 남겨 눈치를 보기도 했지만, 열심히 맡은 바를 다하는 것만으로도 금세 다시 인정받을 수 있었다. 새로 전입하는 신병이 있을 때마다 한두 명의 이름이 꼭 선임들의 입에 오르내리다가 말곤 했다. 나는 그것이 새로운 인물이라는 변화에 대한 자연스러운 경계심이라는 생각이 들면서도 성급한 비난이라고 생각했다.

전역하기까지 위로 수십 명, 아래로도 수십 명의 사람들을 만났다. 나는 특히 새로운 후임에게는 언제나 친근하게 다가가기 위해 노력했다. 하루하루가 이미 힘든 마당에 인간관계까지 힘들어지면 군인의 삶은 정말 비참해진다. 나는 누군가에게 좋은 동료가 되고 싶었지, 권위를 휘두르고 싶지 않았다.

생활관 동기들과는 끈끈하게 유대하게 되었다. 같은 생활관에서 1년 반 동안 함께한 친구들을 나는 단기적인 가족으로 생각한다. 매일 하루를 나누고 서로 장난치며, 또 누군가 힘들어할 때는 편이 되어주며 서로 의지할 수 있는 친구들이 있었기에 생활은 마냥 괴롭지 않았다.

활력을 되찾으며 나는 부대 안에서 하루하루를 버텨내는 생활을 넘어 주체적이고 의미 있는 생활을 만들고 싶었다. 성취를 느끼기 힘든 일과 시간과 휴대폰만 들여다보는 개인 정비 시간으로 1년 반을 허비할 수는 없었다.

주인 없는 낡은 통기타를 보며 음악이 떠올랐다. 피아노를 들일 방법이 없을까 고민했다. 중대장님을 설득한 결과, 동기와 함께 부담해서 저가형 피아노를 들일 수 있었다. 가격 대비 훌륭한 성능을 지닌 이 피아노는 전역할 때까지 나의 든든한 버팀목이 되어주었다.

통기타와 피아노에 노래만 더하면 어쿠스틱 밴드가 만들어질 수 있었다.

나는 밴드를 본격적으로 만들기로 했다. 그 소식에 옆 생활관의 누가 일렉 기타를 친다더라, 드럼을 배웠더라 하는 이야기가 들려왔다. 준비된 장비는 아무것도 없었지만, 나는 무언가 만들어질 수 있겠다는 가능성을 봤다. 대대장실을 찾아가 밴드부의 계획을 말씀드리고 공간을 보장받았다. 예상외로 쉬운 승인과 지지를 받았다.

악기를 다뤄보지 않은 친구들과 소대장님도 포함해서 멤버를 모집했다. 가장 저렴한 앰프, 악기를 사고 각자의 악기를 가져오며 그럴듯한 구성이 갖춰졌다. 끊임없이 반복되는 일상에서 새로운 즐거움으로 함께할 수 있는 시간을 만들었다는 사실이 뿌듯했다.

크리스마스이브에 행사가 정해지고 공연을 설 수 있게 되었다. 수많은 연습 끝에, 대대장님과 주임원사님도 구경하러 온 보급 중대 밴드의 크리스마스 공연은 성공적으로 끝마쳤다. 크리스마스 캐럴과 〈쇼미더머니〉에서 유행하던 노래 등 대여섯 곡을 선보였다. 선임, 동기, 간부들 모두 좋은 반응을 보였고 덤으로 휴가 하루에 준하는 상점까지 받게 되었다.

대대장님의 요청으로 크리스마스에 이어 신년에도 공연을 준비했다. 준비할 시간이 부족했지만 짧은 시간 동안 최대한 자주 모여 새로운 곡을 포함한 공연을 진행했다. 이번에는 진행까지 도맡으며 곡 사이사이 준비하는 시간을 자연스럽게 넘겼다. 한동안 밴드에 많은 관심과 칭찬이 이어졌다.

동시에 나는 이 사회에서 좋은 대학교가 좋은 인상을 남기는 힘을 체감했다. 나라는 사람을 알기 전에 내가 다니는 학교의 이름이 먼저 전해졌고 이는 솔직히 도움이 되면 되었지, 손해는 아니었다.

그러나 나는 고등학교를 졸업했을 때와 마찬가지로 이 사실이 아쉬울 수밖에 없었다. 내가 나를 드러내고 싶은 가치는 학교의 이름이 가지고 있는 것들이 아니었다. 대학의 이름은 그 사람이 공부를 잘했다는 것 외에 나타내는 바가 많지 않다. 학벌은 분명 쉽게 가치를 인정받을 수 있는 수단이긴 했으나, 내가 원하는 나를 드러낼 수 있는 방법이 아니었다. 내가 원하는 성장, 지식, 낭만, 이상을 향하는 삶을 전하기 위해서는 그에 맞는 방법이 필요했다. 대학의 이름이 주는 편안에 안주하지 않기 위해 부단히 노력했다. 스물둘의 보고서를 쓰려는 시도, 밴드부의 창설 등이 그랬다. 표면적인 가치가 아닌 개인의 본질적인 가치를 고민하며 열심히 하는 것 외에도 새로움을 만들려고 노력했다.

그렇게 나름 군인 생활이 잘 풀리고 있었다. 상반기에는 사회에서 공허함과 무능력에 허덕이고 있었지만, 하반기에 군인 신분으로 나는 오히려 효능감과 협력을 경험할 수 있었다. 규칙적인 삶은 나에게 부족했던 규율을 심어주었다. 군인으로의 첫해가 지났다.

사람과 사람 사이

인간은 본질적으로 고독하다. 생각이 펼쳐지는 의식의 세계는 나 혼자만이 평생을 지내는 곳이다. 타인의 의식은 우리에게 느껴지지 않는다. 상대를 눈앞에 두고도 우리는 그 사람의 내면에 관해 완벽히 무지하다. 언어를 빌려 대화할 수 있지만 의미는 언제나 유실된다. 본질의 대부분을 떠내려 보내고 한두 조각을 겨우 건져 각자의 주관대로 의미를 해석해 받아들일 뿐이다.

하지만 그렇기에 더욱이 타인과 유대해야 한다. 그것은 존재의 필연적인 고립을 부정하기 위해서도, 잊기 위해서도 아니다. 자신만의 세계에서 충분한 성숙을 거쳐 의식의 외로움을 인지하고 난 후에는 세상으로 다시 나와야 한다. 있는 그대로 타인을 인지할 수 없다는 사실을 인정하고 난 후에는 상대의 세계에서 의미의 조각을 한 두 개 건져낼 때 허무함이 아닌 즐거움을 느낄 수 있다. 그 조각은 나와 같은 의식적 존재를 증명하기 때문이다.

존재의 본질적인 고독을 인지하는 두 사람이 서로에게 자신의 조각을 온전히 전달하기 위해 노력하는 것. 그러다가 가끔 같은 마음 조각으로 만나 공명하는 것. 나는 사람과 사람 사이의 깊은 관계란 이런 형태를 띤다고 믿는다.

사람을 아무리 만나도 허전하기만 하다면 오롯이 자신을 마주하는 시간을 갖고 존재의 필연적인 고독을 인정해야 할지 모른다. 반대로 아무리 발버둥 쳐도 벗어날 수 없는 자신만의 세계에서 허무를 느낀다면 가벼운 마음으로 사람에게 다가서야 한다. 나는 후자의 상황에 가까웠다. 혼자만의 껍데기 속으로 숨어들기만 하던 나는 좋은 친구들 덕분에 관계의 의미를 찾을 수 있었다.

십 대의 후반을 지나며 나는 책에 빠져들었다. 모든 분야가 흥미로웠고 새로운 세상을 열어주었다. 그리고 당시에는 책을 즐겨 읽는 친구가 주변에 없었다. 입시에 매몰되지 않는 쪽이 이상하게 여겨지는 시기, 교육에 대한 문제의식이나 철학적 사고를 함께 나눌 동료는 없었다. 고등학교 2학년에는 반 친구들과 생각을 함께 나누고 토론하기도 하는 시기도 있었다. 하지만 책상 앞에 함께 앉아있어도 지향점이 달랐다.

나는 출판을 목표로 글을 쓰고 책을 읽으며 사고를 키우는 길을 걷기 위해 노력했다. 그러나 글은 잘 써지지 않았고 교육의 모습은 여전히 나를 괴롭혔다. 나는 온갖 상념에 몸을 맡긴 채로 생각 속을 떠다녔다. 사무치게 외로웠다. 나의 사춘기는 아무도 강요하지 않았지만 혼자 세상과 싸우려 들며 생긴 고통이었다.

외로움과는 별개로 친구는 많아졌다. 특히 열여덟을 기점으로 말솜씨가 늘며 사교성이 좋아졌다. 교내 대회를 나가며, 학생회와 일하며, 동아리를 하며 사람들을 사귀었다. 소심했던 예전에 비하면 놀라운 변화였다. 그럼에도 여전히 나는 사람들에게 먼저 다가갈 이유를 찾지 못했고 혼자 마음의 짐을 짊어졌다. 사람에게 의지하는 법을 몰랐다. 주변을 둘러봤을 때 정말 고마운 친구들이 많지만, 사람에게 다가설 수 있게 해준 두 명의 좋은 친구들과의 이야기를 나누려고 한다.

성모는 정신적 외톨이를 자처하던 고등학교 시절 나에게 다가와 준 고마운 친구다. 같은 반을 한 적은 없지만 같은 학원에 다니고 학교생활을 하며 자연스레 친해졌다. 고등학교 3학년은 나에게 오히려 잔잔한 시기였다. 담임 선생님은 반 학생들의 입시에 굳이 잔소리하지 않는 분이셨고 반의 분위기도 2학년에 비해 끈끈하지 않았다. 혼자 조용히 하는 일들이 늘었다. 졸업이 눈앞으로 다가와 가장 진지하게 출판을 준비하기도 했다.

1학기면 수시 성적이 마무리되고 2학기에는 수능이 있어 각자 긴장과 느슨해짐의 시기가 달라 묘한 흐름의 학교생활을 했다. 이 시기 성모와 많은 시간을 보냈다.

특별한 활동은 없었다. 주로 산책하며 이야기를 많이 했다. 주변엔 학원밖에 없는 동네 구석구석을 빙빙 돌며 하염없이 대화를 나누곤 했다. 내가 비교적 자유분방하고 열정적인 성격이라면 성모는 그 반대에 가깝다. 강직하고 성실하며 차분하다. 그리고 친구들을 잘 챙겼다. 처음에는 잘 맞지 않는다고 느꼈다. 그래서 먼저 전화가 오거나 만나자는 말이 조금 부담스러웠던 적도 있었다. 누군가에게 기대본 적 없는 나는 그랬다. 그리고 나와 생각하는 방식과 관심사가 다르기에 처음에는 친해질 수 없다고 생각했다. 그러나 이 생각은 당시 나의 오만에서 비롯된 착각이었다.

이야기에 서로 흥이 올라 열의를 쏟아내는 대화의 느낌은 없었다. 그러나 성모는 나의 이야기를 잘 들어줬다. 수많은 기대와 불안으로 가득 찬 나와 하는 대화를 흥미롭게 여겼다. 우리는 작은 지식으로도 정의나 사회나 과학이나 삶 따위를 이야기했다. 세상에 대한 서로의 관점을 이해하고 생각을 나눴다. 학교생활이나 미래, 가족 이야기도 했다. 돌이켜 보면, 이 시기에 우리는 서로에게 의지하는 면이 있었다. 나는 안정과 항상성 비슷한 것을, 성모는 삶의 변주와 혁신 비슷한 무언가를 서로에게서 찾았다.

성모는 유독 사람들을 잘 챙겼다. 무슨 일이 있으면 축하나 위로를 건네주는 사람이었고 주변 사람들에게 돈 쓰는 일을 아까워하지 않는 베푸는 친구였다. 친구들과 연을 계속 이어가고 관계를 유지하기 위해 먼저 다가선 적이 없던 나에게는 그 모습이 처음엔 의아했지만, 나중에는 그 가치에 통감하게 되었다.

고마운 마음을 꼭 전하고 싶은 다른 친구는 태우다. 같은 동네에서 나고 자란 우리는 초등학교 2학년, 같은 반을 하며 친해졌다. 어렸을 적엔 말수도 적고 친구들과 어울려 다니는 데에 적극성이 없던 나와 다르게 태우는 어릴 때부터 활달하고 사람을 모으는 재주가 있었다. 같은 중학교에 진학해 2학년에 다시 같은 반이 되었다. 태우나 창헌을 포함해 마음이 잘 맞는 친구들이 많았다. 가장 싫어했던 담임 선생님과는 별개로 즐거운 1년을 보냈다. 그 후 다른 고등학교에 진학하며 태우와 다른 학교에 다니게 되었다.

이 시기에 만약 우리가 자연스레 멀어졌더라도 이상할 일은 아니었다. 고등학생은 사춘기를 겪으며 크게 변하는 시기이자 사회의 요구에 의해서도 가장 바빴어야 할 때였다. 나는 내 세상 속으로 빠져들어 고립되어 가고 있었고 친구를 먼저 챙길 줄 모르는 사람이었다. 실제로 고등학교에 다니는 동안, 같은 학원에 다녔던 3학년의 말미를 제외하고는 태우와 자주 만나지는 못했다. 그럼에도 계속 친구가 될 수 있었던 건 태우가 나에게 손을 뻗어주었기 때문이다.

친구들의 생일을 외우고 챙기던 태우 덕분에 잠깐이라도 친구들이 모여 케이크와 함께 생일을 축하받기도 했고 축하해 주러 가기도 했다. 특별할 것 없다고 생각했던 한 생일에 친구들에게 받은 축하와 케이크는 지친 삶에 큰 감동을 줬다.

그리고 다시 태우와 자주 만날 수 있던 시기는 코로나가 세상을 멈췄던 스물의 초반이었다. 나와 태우와 창헌의 집은 각각 5분 거리 이내에 있었다. 부담 없이 불러낼 수 있는 친구들과 정말 자주 놀았다. 오랜 동네 친구가 주는 느낌은 정말 좋았다. 특별하지 않아도 즐거운 일상이었고 대학생보다는 백수에 가까운 삶을 즐겼다. 상반기가 지나기 전에 나는 기숙사에 입사했고 그 후 함께 지내는 긴 시기는 없더라도 기회가 될 때마다 가장 오래된 이 친구들과 만난다.

또 태우는 나에게 일상을 공유하는 감각의 즐거움을 알려주었다. 고민해도 답이 나오지 않는 거대한 문제들에 정신을 쏟고 관념에만 몰두하던 나에게 오늘 하루가 어땠고 무엇을 먹었는지의 삶은 중요하지 않았다. 나 자신에게 무신경했고 일상에서 즐거움을 찾지 못했다. 그래서 가끔 태우에게서 전화가 와 학교의 누가 어쨌고 오늘 먹은 빵이 맛있었다느니 하는 얘기를 들어도 감흥이 없었다. 솔직히 조금 귀찮기도 했다. 일상에서 행복을 찾는 삶이 이상적이라고 생각하면서 정작 그렇게 하지 않던 나였다. 그러나 그런 잡담을 계속하고, 나도 내 이야기를 하며 일상을 공유하는 게 즐겁다는 사실을 알게 되었다.

삶이란 결국 생각의 구름 속을 헤매는 것이 아닌 한 명의 사람으로 땅에 발붙여 살아가는 것이다. 하루하루의 삶을 긍정하면서 미래를 계획하고 관념 속으로 가끔 빠져들면 된다. 안정적인 일상을 가꾸는 일의 중요성을 나는 친구를 통해 배울 수 있었다.

나를 잘 아는 친가 있다는 사실은 좋다. 좋은 친구 한 명만 있어도 성공한 인생이라고도 하던가. 언제 만나도 편히 대할 수 있는 친구가 있다는 건 행운이다. 진정한 친구를 만드는 데에 필요한 요소는 무엇일까. 나는 성향의 일치라고 생각했었다. 나와 사고의 결이 비슷하여 공명하는 사람만이 가장 깊은 친구가 될 수 있다고 믿고 있었다.

실제로 나와 유독 더 잘 맞는 친구들이 있다. 성모나 태우가 내 친구들 중 가장 나와 비슷한가? 그렇지 않다. 그것은 부정할 수 없는 사실이다. 하지만 이 친구들은 오히려 나와 특성이 달라 주변 사람들을 잘 챙겼기에 정 없게 굴던 나에게도 다가와 주었다. 이 시기 먼저 손을 뻗어준 친구가 내 주변에 없었다면 나는 사람에게 의지하거나 다가서는 법도, 그 소중함을 깨닫지 못했을지도 모른다.

내가 내린 결론은, 관계에 있어서는 함께하는 시간의 역할이 절대적으로 중요하다는 것이다. 성격이 다르고 관심사가 달라도 친구가 될 수 있다. 그러나 당연하게도 만난 적 없는 사람과는 친구가 될 수 없다. 세상에는 나와 비슷한 사람이 분명 많겠지만 그들은 낯선 누군가일 뿐 나의 친구가 아니다. 실제로 함께한 시간이 있고 공유하는 기억이 있는 사람과 우리는 관계를 쌓는다. 관계를 이어가려는 노력이 있다면 자주 연락이 닿지 않더라도 신뢰와 안정감, 친밀도는 오른다.

시간은 그런 역할을 한다. 누군가와 친해지고 싶을 때 그 시작은 간단하다. 일단 함께하는 시간을 늘리면 된다. 사람을 먼저 찾을 줄 아는 사람이 좋은 관계를 만들 수 있다는 사실을 나는 친구들에게 배웠다.

다음 단계로는 시간의 밀도를 올릴 수 있다. 이것은 내가 가진 특기 중 하나다. 나는 사람을 여럿보다 둘이 만나기를 좋아한다. 셋 이상이 모이면 누군가 소외되지 않는지, 분위기가 어떤지에 신경을 쓰지 않을 수 없다. 반면 둘이 있을 때는 온전히 상대에게 집중할 수 있다. 고민거리나 하루하루 사는 이야기를 하더라도 내일이면 잊어버릴 잡담보다 기억에 남을 수 있는 대화를 이끌어 가려고 한다.

인문학은 그런 깊은 대화에 큰 도움이 된다. 작은 지식 조각들은 어떤 현상을 명료하게 설명하거나 궁금증을 해결하는 실마리가 되어준다. 다른 친구들을 만나면 항상 시답잖은 얘기나 하기 마련인데 나를 만나면 생산적인 대화를 하게 된다고 말해주는 친구들이 꽤 있었다. 그런 얘기를 들을 때면 누군가가 나를 좋은 친구로 생각한다는 사실에 기쁘다. 긍정적인 영향을 조금씩이나마 펼친다는 느낌이 행복하기도 하다.

사람과 사람 사이에는 무엇이 있을까. 실체를 가지는 것은 아무것도 없다. 그렇기에 사랑, 우정, 믿음, 기대와 같은 관념은 허상일지도 모른다. 오직 자신의 의식만을 살아가기에 나는 본질적으로 사람은 고독할 수밖에 없다고 믿는다. 그렇다면 타인이란 무의미한가?

그렇지 않다. 시간을 함께하고, 같이 걸으며, 일상을 공유하기도 하는 것. 친구를 사귐은 마음을 충만하게 하는 일이며 의식의 존재를 확인하게 해주는 일이다. 그리고 그것은 사람에게 다가서는 노력을 필요로 한다.

나는 좋은 친구들 덕에 사람을 더욱 믿게 되었고 한 발짝 내딛는 데에 용기를 얻었다. 좋은 친구들을 보며 나도 누군가에게 좋은 친구가 되기 위해 노력한다. 내 주변의 모든 사람들에게 항상 고맙다는 말을 전하고 싶다.

책의 주제와 목차를 설정하며 내용에서 최대한 지식을 다루는 내용을 배제하려고 했다. 확실하게 알지 못하면서 아는 척하는 행위는 어리석음을 드러낼 뿐이다. 가장 지혜로운 사람으로 여겨지는 소크라테스도 다만 자신이 모른다는 것을 안다고 했다는데, 내가 어찌 감히 누군가에게 지식을 가르치듯 말할 수 있을까.

지식의 세계를 전문가가 아니어도 향유할 수 있어야 한다고 강하게 믿지만, 지식을 전달하는 데에는 그만큼 신중해야 한다. 또한 얕은 이해가 지식의 권위에 힘입어 우월감이나 선민의식으로 변질되는 상황을 가장 경계한다.

하지만 배움과 앎의 중요성을 주장하려면 나에게 실제로 있었던 변화의 경험을 공유해야 한다고 생각했다. 이해를 위해 지식에 관한 나의 이야기에 더해 나를 키운 몇 가지 지식을 조심스레 포함했다.

학문의 가치는 무엇이라고 생각하는가. 나에게 학문은 이성을 기반으로 한 지식적 인간 활동이 제공하는 도구이다. 학문은 삶을 더 낫게 만든다는 점에서 실용적이고, 인간 삶에 활용되는 면에서 의미를 지니는 도구이다.

학문이 삶을 더 나아지게 만드는 방법은 기술 발전 등을 통한 경제적인 효과와 더불어 지적 호기심의 충족, 이해의 기쁨 등 만족감을 주는 경험적인 만족까지 포함한다. 경제적인 가치 창출에서 약세를 보이는 인문학은 후자의 측면에서 더욱 큰 가치를 지닌다.

밀의 유명한 문장인 '배부른 돼지보다 배고픈 사람이 낫고, 만족한 바보보다 불만족한 소크라테스가 낫다'라는 문장에 동의한다. 자연적인 관점에서 쾌락이 본질적으로 평등하고 행복은 주관적이라고 해도 그 효용 면에서 동등하지 않음을 반박할 수 있다.

예를 들어 살인에서 쾌락을 얻는 살인마와 순수한 과학적 호기심에 연구에 몰두하는 과학자가 있다고 생각해 보자. 각자가 추구하는 주관적인 쾌락의 가치가 같더라도 그 쾌락의 추구가 사회에 끼치는 효용은 분명 다르게 평가할 수 있다. 과학 연구가 반드시 선한 행위라고는 말할 수는 없지만, 쾌락을 위한 살인보다는 선한 행위라고 무리 없이 주장할 수 있다.

사회가 아니라 개인에게 끼치는 영향을 보아도 그렇다. 마약이 주는 쾌락의 크기는 매우 크다고 알려져 있지만 뇌의 구조와 신경전달물질에 이상을 만들어 정상적인 삶을 살 수 없게 만든다. 반드시 어떤 종류의 쾌락을 추구해야 한다는 규범은 무의미하지만, 적어도 지적 쾌락이 다른 쾌락보다 인간 사회의 발전을 돕는다면 그 점에서 가치를 주장할 수 있다고 믿는다.

나는 유독 교육의 발전을 꿈꿀 때나 지적 욕구의 충족에서 커다란 만족을 느끼고, 그 만족감은 원동력이 된다. 학문을 공부한다는 건 누군가 정리해 놓은 탐구의 과정을 따라가는 것이다. 윤리학을 배우지 않아도 도덕을 고민할 수 있고 미적분을 공부하지 않아도 그 개념을 떠올릴 수 있을지도 모른다. 하지만 이왕 탐구하고 싶은 영역이 있다면, 그 학문을 배움으로써 더 깊고 빠르게 논의에 빠져들 수 있다. 정의된 개념을 사용해서 깔끔하게 사고를 정리할 수 있다.

나는 철학 연구가의 전문적 지위를 얻고 싶은 것이 아니라, 철학이 제공하는 시야를 통해 사람과 사회에 변화를 만들기 위해 공부한다. 지식이 아니라 지혜를 탐구하는 사람이 되려고 노력하지만, 둘은 결국 긴밀하게 연결되어 있다. 그래서 전문가가 되지 않더라도 배움을 이어가고 싶다. 그렇게 한 분야의 연구자가 되고 싶기보다 세계에 대한 이해를 넓혀 지적 호기심을 충족하고 사회 발전을 만드는 데 활용하고 싶다.

열여섯에 처음으로 펼쳤던 책은 교육을 바꾸고 싶다는 생각에 찾은 교육학과 사회학 책이었다. 그 안에서 만난 부르디외의 사회학 개념은 몹시 인상적이었다.

부르디외에 따르면, 인간에게는 사회 문화적인 환경에 의해 형성된 습관이라는 뜻의 아비투스가 존재한다. 아비투스는 자본에도 영향을 받고 각각의 장에 의해 형성된다. 자본은 크게 경제 자본, 문화 자본, 사회 자본으로 분류된다. 경제 자본은 우리가 흔히 생각하는 자산과 화폐를 나타낸다. 문화 자본은 체화된 문화적 특징, 객관화된 예술품 등의 생산물, 제도화된 자격증 등을 의미한다. 사회 자본은 사람 간의 자본으로 인맥과 비슷한 개념이다. 장은 특정한 구조 내에서 상호작용하는 사회적 공간 개념이다.

물론 내가 읽은 책은 부르디외의 책이 아닌, 이 틀을 이용해서 한국의 과열된 교육을 설명한 책이었다. 간단하게 정리하자면 이렇다. 한국에서는 교육의 제도화된 문화 자본이 경제 자본으로 전환된다는 강한 믿음이 존재한다. 이 믿음은 윗세대로부터 아랫세대로 전해지는 사회적 습관인 아비투스로써 재생산된다. 그 순환이 강해지며 교육장은 거대해지고 교육은 학벌의 상징 자본과 인맥을 통한 사회 자본의 지위도 강화된다.

사회와 교육의 관계, 그 안에서 작용하는 요소를 명료하게 분석한 개념은 놀라웠다. 구구절절 설명하지 않아도 사회의 모습을 직관적으로 이해할 수 있었다. 다른 사회의 모습 또한 같은 개념으로 설명할 수 있게 되었다. 부르디외의 이론을 더 깊게 공부하지는 않았지만, 사회를 인식하는 구조를 얻었다는 점에서 큰 효용을 얻었다.

같은 책을 읽으며 한국의 근현대적 발전 과정에서 교육의 역할이나 공부의 원론적인 정의와 역할 등을 배웠다. 교육의 문제점을 주장할 수 있는 근거가 생겼고, 언어가 생겼다. 그 사실이 즐거웠고, 자신감이 되었다. 그렇게 다양한 분야의 책을 읽었다.

인간의 행위를 이해하는 데는 뇌과학과 심리학이 도움이 됐다. 마음과 생각의 격차를 이해할 수 있었다. 과학적인 분석이 아닌 이야기에 몰입하는 간접 경험을 통한 공감에는 문학이 탁월했다. 헤르만 헤세의 내면세계와 성장을 다루는 소설을 특히 인상 깊게 읽으며 영감을 받았다. 사회의 흐름을 이해하는 데는 역사가 필요했다. 인류가 발전해 온 과정과 산업혁명, 세계대전 등은 재밌는 이야기이자 내가 서 있는 사회와 세계의 기반을 알려주었다. 그렇게 인문학에 재미를 붙여 배움을 즐겁게 여겨왔다.

읽어본 사람은 알겠지만, 과학이나 수학을 다루는 책은 교과서와 전공 서적처럼 딱딱하지 않다. 과학과 수학과 결국 인간 사회와 긴밀하게 연결되어 있고, 그 이야기가 우리의 흥미를 끌기 때문이다. 과학의 역사는 곧 철학의 역사이자 인류의 역사다. 과학의 연구 방법은 인간 세계로부터 멀어져 객관성을 확보하는 방식으로 나아가지만, 결국 그 지식이 논의되고 활용되는 건 우리가 사는 세계의 맥락을 벗어나지 않는다.

과학이 세계의 법칙을 찾는다면 수학은 근원적으로 법칙을 찾을 수 있는 언어다. 숫자로 이뤄진 수식을 풀다 보면 이걸 어디에 써먹나 싶은 생각을 가끔 유발한다. 수학은 자연의 언어라는 말처럼 과학 연구의 방법이 되고 그 자체로도 놀라움을 가지고 있으나 이 가치에 공감하지 못한 채로 문제 풀이에만 몰두하는 경우가 많아 싫어하는 사람들이 많다.

나는 어렸을 때 수학을 재밌는 수수께끼처럼 풀었던 기억과 과학을 통해 세계를 이해하는 경험 덕분에 다행히도 흥미를 기반으로 자연과학을 공부할 수 있었다. 수학과 과학 또한 거시적인 관점에서 삶과 연관해서 이해한다면 사람들이 지금보다 의미를 찾고 공부할 수 있을 것이다. 과학적 사고는 물질세계를 이해하는 데 도움이 된다. 그렇게 자연의 법칙을 알아가며 느끼는 놀라움은 인문학적 사고와는 다른 즐거움을 준다.

그리고 여러 분야의 지식을 탐구하다 보니 그 근원은 언제나 철학으로 귀결된다는 사실을 발견했다. '왜'라는 질문을 계속 던지면 무엇이든 철학이 되었다. 실제로 어떤 분야에 대해서든 대부분 철학이 존재한다. 법철학, 정치철학, 수리철학, 과학철학 등. 잘은 몰라도 철학은 가장 중요한 문제를 다루는 인간 활동의 결정체처럼 보였다. 이중 전공으로 철학을 전공하고 있지만 사실 철학은 배울수록 모르겠다. 그 내용은 너무 많고 복잡하다. 철학이 어렵고 딱딱하다는 선입견은 분명 일리가 있다.

하지만 철학의 어원은 지혜에 대한 사랑이다. 지식에 대한 사랑이 아니다. 사상가의 이름과 논의를 몰라도 지적인 탐구를 할 수 있다. 단지, 높은 확률로 그 논의가 철학에서 이미 훌륭하게 전개되어 있을 것이다. 하지만 이 사실은 중요하다. 전문가가 될 게 아니라면, 철학은 지식을 뽐내는 현학적인 학문이 아니라 궁금증을 해결하고 탐구를 돕는 삶의 친숙한 도구가 되어야 한다.

어렸을 적 이런 생각을 한 적이 있다. 내가 보는 색이 다른 사람이 보는 색과 다를 수 있지 않을까? 나의 노랑은 친구에게 파랑으로 보이고 친구의 빨강은 나에겐 초록인데, 그게 각자의 세계에서 너무 당연해서 차이를 알지 못하는 거다. 과학의 공부는 먼저 이 질문에 해답을 제시했다. 인간이 색을 인지하는 원리와 원뿔 세포의 역할 등. 사람은 같은 방식으로 색을 인지한다는 사실에 의문이 해결되었다. 그러나 철학에서 이 논의가 이렇게 단순하게 해결되지 않았고 난제로 남아있다는 사실을 알게 되었다.

우리의 감각 경험이자 의식인 감각질 혹은 퀄리아는 주관적이고 공유될 수 없다는 점에서 타인이 보는 색의 세계가 나와 같은지 우리는 알 수 없다. 빨간색의 파장을 과학적으로 설명하고 예시를 들어도 감각 경험 자체는 설명할 수 없다. 맛을 느끼지 못하는 사람에게 달콤함이나 짠맛이 무엇인지 설명하려고 해도, 그것이 어떤 감각인지는 설명할 수 없다. 우리는 의식에 갇혀 인식과 설명의 간극을 해결하지 못한 채로 소통한다.

그렇다면 의식 자체를 공유하지 않는 우리는 어떻게 소통하는가? 그것은 언어를 통해서다. 관념 혹은 생각은 언어로써 공유되고 상대는 그 언어를 해석해서 의미를 추론한다. 불완전한 전달이자 왜곡일 수밖에 없는 언어만을 통해 우리는 소통할 수 있다.

비트겐슈타인은 이런 말을 남겼다. "언어의 한계는 세계의 한계이다." 실제로 우리는 언어를 벗어난 사고 체계를 가지고 있지 않다. 그렇다면 언어의 폭을 늘리면 세계를 더욱 세분화해서 이해할 수 있게 되는 것이다. 이 이야기를 접한 뒤로 새로운 단어를 알게 되는 배움은 더욱 즐거워졌다.

반대로 언어의 폭이 제한되면 사고도 제한된다. 예를 들면 이렇다. 우리는 두 가지 다른 상황에서 똑똑하다는 말을 사용한다. 첫째로 암산이 빠르거나 퍼즐을 잘 푸는 사람을 우리는 똑똑하다고 한다. 두 번째로 아는 것이 많아 상식이 풍부한 사람 역시 우리는 똑똑하다고 말한다. 그러나 두 경우가 과연 같은가? 세분화하자면 전자는 지능이 높고 후자는 지식이 많은 종류의 똑똑함이다.

언어는 의미하고 있는 것, 기표와 의미 되는 것, 기의의 임의적 연결이다. 이 경우에는 똑똑하다는 기표에 지능이 높고 지식이 많은 두 개의 기의가 연결된 것이다. 이런 경우에는 사고를 통해 표현을 구체화해서 의미를 잘 전달할 수 있다. 하지만 마땅한 언어가 없었다면 우리는 두 가지 기의를 하나의 기표로 설명해야 할지도 모른다. 모든 어류를 물고기로 부르는 아이의 사고 체계와 어류학자의 사고 체계는 다르다. 세계에 대한 이해도 다르다. 언어와 사고와 글쓰기가 중요한 이유라고 할 수 있다.

나의 주된 관심사인 더 나은 삶과 세상에 대한 고민은 윤리학과 연결된다. 윤리학은 무엇이 옳고 무엇이 그른지 탐구하며 우리가 어떻게 살아야 하는지 다룬다.

단순히 이성의 영역을 넘어 삶 그 자체와 인간 행위에 집중한 실존주의는 최근 나의 가장 큰 관심 분야다. 우리는 세상에 던져진 실존이라는 피투의 상황에 놓여있지만 미래를 향해 기투할 수 있고 그렇게 선택을 통해 본질을 찾아야 한다는 철학은 나를 매료시켰다.

이렇게 철학은 다양한 분야에서 나의 관심사나 고민에 때로는 정답을, 때로는 질문을 던져준다. 철학은 쓸모없지 않다. 의식의 주관성은 겸손과 타인에 대한 존중으로 이어진다. 논리는 오류를 줄이고, 윤리는 당위성과 행동에 성찰을 제공한다. 지혜에 대한 사랑은 삶을 윤택하게 만든다.

최대한 오류가 없도록 노력했지만, 혹시라도 개념을 오용했을 수 있다는 사실을 밝힌다. 만약 그렇다면 지혜 자체를 사랑하는 사람의 관점으로 너그럽게 봐주길 바란다. 다만 이 글을 읽는 누군가에게도 전해졌으면 좋겠다. 탐구하는 영혼의 세계를 넓혀주고 삶의 해상도를 높여주는 지식의 힘이. 그리고 나아가 지혜에 대한 사랑은 즐겁다는 사실이. 더 나은 세상을 꿈꾼다. 학문을 통해 철학하는 세상을 꿈꾼다.

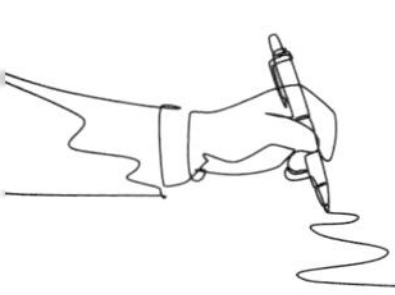

중대장님의 신임을 얻어 용사들의 고충을 들어주고 도와주는 또래 상담병으로 임명되었다. 활동 내용이 규칙으로 정해져 있는 게 아니었기 때문에 조용히 보상으로 나오는 휴가만 받을 수도 있었지만, 나는 머리로만 생각했던 프로젝트를 시작했다. 부대 내의 생활을 총망라하고 개선점과 나아갈 방향을 담은 보고서를 작성하는 것이었다.

부대에 적응하며 느껴지길, 중대 안에서 사람들은 동기제나 보직에 따라 파편화되어 있고 소통이 원활하지 않아 서로 오해가 많았다. 서로를 마냥 무시하고 살 수 없는 좁은 부대 내에서 서로를 향한 혐오는 보기 껄끄러울 정도였다. 어떤 보직이 가장 편하고, 누구는 하는 일이 없고, 이런 식의 대화는 근거도 없이 불어나곤 했다. 조금이나마 서로를 이해하고 부정적인 사고를 덜어내길 바랐다.

한 예로 취사병은 다른 직종과 평소에 겹칠 일이 없어 친한 취사병이 없으면 업무의 강도를 알기 어려운데, 유독 다른 생활관에서 취사병을 격하하는 이야기를 많이 들었다. 하지만 같은 생활관에서 취사병 동기들을 보며 나는 결코 취사병이 한가하지 않고 오히려 업무 강도가 과중하다고 생각했다.

간부와 용사 간의 소통 부재, 용사 간의 보직 몰이해에 따른 편견과 인식은 대화를 통해 해소될 수 있는 정도의 무엇으로 보였다. 나는 일상에서의 작은 대화를 통해 서로를 이해하고 배려하며 더 나은 중대가 만들어지길 바랐다. 이외에도 중대 내에는 오해와 뒷담이 수두룩했다.

보고서의 목적과 제언의 방향은 확실했다. 소통, 변화, 협력의 힘을 믿는 나로서는 진심 어린 마음이었다. 오가며 나누는 인사 한 마디에서 시작하는 친밀감을 토대로 하는 소통하는 중대라는 지향점을 확실하게 정하고 보고서를 계획했다. 오해의 상황을 정리하고 열린 마음으로 오가는 인사를 나누기 시작하며 갈등하는 서로가 이해의 가능성을 만들길 바랐다.

부대 내 용사의 모든 내용을 담겠다는 거대한 목표에 맞게 제목은 거창하게 '보급 중대 용사 - [업무-생활-관계] 현황 보고와 소통에 대한 제언'으로 지었다. 하지만 이 보고서는 완성되지 못했다. 추진 배경과 기대 효과, 결론은 완성되었으나 보고서를 완성해서 전달하는 일은 없었다.

본문에서는 중대 용사 생활의 모든 내용을 담으려 했다. 업무에서는 직종별 업무와 근무자 업무, 부대의 주요 임무인 부식 작전을,

생활에서는 일과 시간과 중대 활동, 일상생활을, 관계에서는 동기, 선후임, 직종, 중대, 용사와 간부, 용사와 군대 조직의 관계를 목차로 잡았다. 모든 항목을 나눴을 때 채워야 할 항목이 60가지가 넘었다. 용사들과의 상담을 통해 정보를 모으고 보고서를 작성하려고 했다. 그러나 혼자 하기에는 항목이 너무 많았다. 그래서 나는 생활관을 돌며 보고서의 취지를 설명하고 자신에게 해당하는 항목의 내용을 적어서 전달해 달라고 부탁했다. 대부분 좋은 취지라며 동의했다.

나는 내가 채울 수 있는 항목을 채워나갔다. 현황을 최대한 자세히 기록하고 건의 사항이나 불편한 점, 개선점 등도 담았다. 가장 부족한 건 시간이었다. 개인 시간이 적고 일과가 피로한 날이 다수였기에 개인 정비 시간이나 연등 시간을 투자해서 보고서를 작성하는 일이 버겁기도 했다. 그럼에도 부대의 발전을 위한 좋은 마음으로 전해지지 않던 이야기들이 세상에 나올 수 있다는 희망으로 보고서를 써갔다.

하지만 어느 순간 나는 보고서 작성을 그만뒀다. 다른 생활관 동기와 선후임 중 나에게 부탁받은 종이를 주거나 보고서 얘기를 꺼낸 사람이 그동안 단 한 명도 없었다. 무엇을 위해 잠을 줄여가며 보고서를 쓰려고 하는지 질문할 수밖에 없었다.

여전히 뒤에서는 누가 더 편한 보직인지 누가 무슨 일을 했는지 소모적인 불만을 토로하면서 어째서 합리적인 방법으로 담론을 만드는 데에는 아무도 힘을 보태지 않았을까. 시간과 마음을 써가며 보고서를 만드는 이유는 회의에 빠졌다. 그렇게 이 보고서가 지면으로 보고되는 일은 없었다. 상담을 통해 들었던 전달해야 할 안건이나 보고서의 커다란 생각 등은 중대장님과의 면담을 통해 전했다. 야심 찼던 프로젝트는 방대했던 규모와 사람들의 무관심, 나의 회의감으로 인해 완성되지 못한 채로 남았다.

군인의 생활은 확실히 지치는 일상의 반복이었다. 좁은 활동 반경 내에서 똑같은 사람들만을 만나기에 새로움이 없었다. 일과는 고되고 의미 없게 느껴지기 때문에 보람도 느낄 수 없었다. 먹고 싶은 음식조차 마음대로 먹을 수 없었다.

잠이 예민한 나는 특히 불침번이 그렇게도 싫었다. 불침번이 있는 날이면 잠에 깊게 들지 못해 나를 깨우러 온 이전 근무자가 문을 여는 소리에도 벌떡 일어나 사람들을 놀라게 하기도 했다. 불침번이 아무런 효용도 없이 새벽에 사람들을 깨워 수면의 질을 떨어트린다고 생각했다. 새벽에도 상황에 대비한다는 명분만 좋았다. 부대에는 층마다 CCTV가 설치된 지휘통제실도 운영되고 불침번은 실제로 도움이 되는 경우가 없다시피 했다. 근무자의 의식이 투철하지 않다는 점을 고려했을 때 불침번은 효율적인 업무가 아니었다.

휴가를 받기 위한 노력도 가끔은 우습게 느꼈다. 징병제로 모집된 군인들이 집에 하루라도 가기 위해 기꺼이 거대한 부식 분리수거를 스무 번씩 하거나 격리 인원을 지원하는 등 궂은일과 필요 인력을 자처하는 모습은 씁쓸했다.

이상한 규칙들과 그에 따른 명분을 도저히 이해할 수 없었다. 20년이 넘게 사용하며 그런 화재의 가능성을 생각해 본 적이 없었지만, 드라이기는 화재 위험으로 인해 소지할 수 없었다. 가위나 칼은 자해의 위험이 있기 때문에 생활관에서 금지되었지만, 행정반에서는 얼마든지 사용할 수 있었다. 훈련소에서는 전투화 끈으로 자살 시도를 막기 위해 끈을 풀기 어렵게 '5매듭'으로 전투화를 묶는 방침이 있었는데 손으로 풀 수 있는 매듭이 어떻게 자살 시도를 막는다는 것인지 이해할 수 없었다. 실제로 부대에서 이 전투화 끈을 이용한 자살소동이 있었다.

상의의 왼팔을 오른 어깨에 올려놓는 '좌수 걸이'를 해야 하는 이유도, 아침마다 연병장에서 소리를 질러야 하는 이유도 군 생활 내내 완전히 이해할 수는 없었다. 국가 안보를 위해서 규칙과 규율을 우선시하고 상명하복의 명령 구조를 가지는 건 이해가 가지만 명분뿐인 규칙이나 규율이 과도하게 많았다.

한 번은 부모님이 면회를 오셔서 생활관 동기들과 먹으라고 치킨을 두 마리 가져오셨다. 몰래 들일 생각도 했으나, 규칙을 지켜 보고하기로 했다. 하지만 당직사관에게 보고하자 외부 음식을 들일 수 없다고 했다. 식중독 위험이 있다는 이유로 부대 내에서는 외부 음식을 금지하는 경우가 많았다. 부대에서 퇴근하는 간부는 매일 외부 음식을 먹지만 부대 내부에서는 식중독을 이유로 외부 음식을 금지한다는 이유는 이해하기 어려웠다. 그대로 치킨을 다시 들고 몇 시간을 운전해서 돌아가신 부모님이 식어버린 치킨을 저녁으로 드셨다는 이야기는 군대 조직에 새삼 정을 붙일 수 없게 했던 일화 중 하나다.

밖에서는 동기들이 해외 국가로 교환을 가거나 인턴 생활을 한다는 소식이 들려왔다. 살면서 처음으로 뒤처지고 있다는 기분을 느꼈다. 그럼에도 할 수 있는 건 지치는 하루를 고작 버텨내는 것뿐이었다.

부대마다 다르겠지만 몇 년 전 군대와 비교한다면 가혹 행위나 부조리는 놀라울 정도로 사라졌고 나도 선후임 간의 부조리 문제가 유독 심각하게 느껴지지는 않았다. 그럼에도 초기에 나에게 찍혔던 낙인, 몇 선임들의 태도, 그리고 내 생활관 동기에게 가한 선임의 부조리가 인정되어 징계도 이뤄졌던 사건 등을 겪으며 나는 이 계급의 의미를 진지하게 고민할 수밖에 없었다.

고작 1년 6개월의 군인 생활 동안 자동으로 진급되는 계급과 임의로 나뉜 동기제에 의해 용사 간의 상하 구조가 생기고 권력관계가 인정됨이 다소 답답했다. 이 권력으로 누군가를 꾸짖고 명령하는 건 도저히 경험하고 싶지 않았다. 나는 규율을 지키되 나에게 임의로 부여된 권위를 힘의 논리로 사용하지 않기로 했다. 신병을 첫인상으로 판단하지 않기로 했고 또래 상담병으로서 최대한 적응에 도움이 될 수 있도록 했다.

또 하나의 규칙처럼, 인사를 받으면 무조건 말로 되받아야겠다고 생각했다. 후임은 선임을 만나면 '수고하십니다'라는 인사를 하게 되어 있었는데 인사를 건네도 신경도 쓰지 않는 선임들이 있었다. 그러면서 누구의 인사 태도가 버르장머리 없다면서 훈계하는 것이다. 나는 친한 후임들에게는 먼저 인사를 건네고, 후임이 인사를 건네면 고개를 까딱하지 않고 언제나 말로 인사를 건넸다. 권위적이지 않고 편하게 대할 수 있는 사람이 되기 위해 노력했다.

그런 나를 만만하게 보지 않고 선임 대우를 해주면서 친하게 지내준 후임들 또한 역시 좋은 사람들이었다. 동기 중 가장 빠른 군번인 우리 생활관에서 그런 분위기를 주도하며 조금이라도 남아있던 부조리나 낡은 관행이 우리 때에 조금은 사라졌다고 믿고 싶다.

무난하게 흘러가던 군 생활에 커다란 전환점이 생겼다. 공기계를 부대에 들이며 일명 '투폰'을 하는 용사들이 있었는데, 중대에서 한 명이 발각되었다. 중대는 다른 공기계 사용자를 찾아내려고 크게 움직였다. 우리 생활관에도 휴대폰을 두 개 쓰는 동기가 있었고 자수하지 않았던 동기는 결국 발각됐다.

어느 정도의 징계를 예상했지만, 동기는 10일의 군기교육대, 나머지 생활관 동기들은 신고하지 않은 죄로 3일의 휴가 제한 징계 처분을 받았다. 앞서 있었던 선임의 부조리 당시 징계와 동급의 징계였고 징계 사례가 많지 않았던 부대의 분위기에 일관되지 않았기에 억울함이 있었다. 여기에 그치지 않고 청소 상태가 좋은 생활관에

지급되는 포상 휴가 또한 지급이 취소되었다. 생활관 대표병이 받는 휴가나 나의 또래 상담병 휴가 등도 취소 논의에 올랐다.

결론적으로 우리 생활관에서만 최소 50일분의 휴가 단축 징계가 내려졌다. 일면 과도한 처사라고 느꼈다. 징계 이후로 중대 간부진과의 사이도 조금씩 틀어져 갔다. 규칙에 어긋나는 행위는 분명 잘못되었고, 이를 신고하지 않은 점도 분명 잘못을 물을 수 있다고 생각한다. 하지만 문제가 된 사건을 넘어 다른 휴가를 제한받고 중대에서 조금씩 거리를 두는 것처럼 느껴졌을 때는 답답함이 컸다.

징계에 동의하지 않고 항소할 수 있었는데, 나는 징계 건으로 항소위원회에 다녀왔다. 사단 본부로 가서 높은 계급의 사람들 앞에서 항소했다. 이전 징계 수위와 일관되지 않은 점과 동기를 고발할 수 없었던 이유를 주장했다. 징계 내용이 달라진다면 좋겠지만, 법정 비슷한 곳에서 자기변호를 해볼 수 있는 경험도 나름 좋은 경험이 될 것 같았다. 취조를 받고 질문에 답하며 내 입장을 드러냈다. 징계 수위는 유지되었지만, 나는 자기변호 기회와 경험을 얻은 걸로 만족했다.

다시 이때로 돌아가더라도 동기의 공기계 사용 사실을 보고하지는 않을 것 같다. 먼저 휴대폰 사용은 타인에게 직접적으로 피해를 주는 규칙 위반이 아니었고, 신고하지 않은 잘못에 책임을 질 태도는 준비되어 있었다. 징계보다도 함께 생활하는 단기적인 가족과의 관계를 더 고민할 수밖에 없었다.

군 생활 동안 가장 존경했던 한 간부님과 대화하면서도, 자신 같아도 동기를 신고하기 어려웠을 거라는 말을 들으며 나와 생활관 동기들이 마냥 상황을 덮어놓는 선택을 한 건 아니라는 확신이 들었다. 가장 문제가 적은 방법은 대화를 시도해 동기가 사실을 자백하도록 설득하는 쪽이었을지도 모른다. 그러나 이미 지나간 일보다도 깔끔하게 잘못에 책임지고 생활을 이어갈 수 없었던 점이 아쉽다.

이후부터는 애매한 입지에서 군 생활을 했다. 더 이상 우리 생활관은 중대의 중심이 아니게 되었고 쌓아둔 휴가 또한 매달 나가며, 슬슬 부대 생활의 열정이 식어갔다. 징계 전인 여름에는 코로나 격리로 인해 밴드부의 공간이 계속 옮겨지는 악조건 속에서도 공연을 준비해 중대가 단합할 수 있는 시간을 만들었지만, 전역하기 전에 한 번 더 공연을 올릴 분위기가 만들어지지 못했다.

군대라는 집단은 교육에 분노했던 때만큼 나의 마음을 움직이지 않았다. 국방의 가치는 교육에 비하면 상대적으로 중요하지 않게 느껴졌다. 내가 나서서 변화를 말하고 싶은 분야는 아니었다. 그럼에도 내가 속한 부대 안에서만큼은 더 나은 공동체를 만들기 위해 노력했다고 말할 수 있다.

각종 어설픈 훈련과 명분 맞추기, 불공정과 규칙은 분명 긍정적으로 바라보기 어려웠다. 군인들은 주로 이십 대의 초반에 잠시 법적인 강제성에 의해 의무를 다할 뿐이다. 이 복무는 국방의 의무를 다하며 권력과 불합리를 체화하고 개성을 잃어가는 시기라고 생각한다.

극히 제한적인 환경에서 나는 사람과 관계를 몸으로 경험했다. 혼자만의 관념 속에서 사는 시간을 줄이고 사람 사이에서 삶을 바라보는 경험은 썩 나쁘지 않았다. 의무와 규칙은 가끔 무의미하지만, 삶에 규율을 가져다주었다. 자의는 아니지만 억지로라도 다양한 종류의 사람들과 함께 살아가는 법을 배웠다.

많은 사람을 한껏 겪으며 진절머리가 났지만, 위로 또한 사람을 통해 받았다. 개인이 얼마나 이기적이고 비합리적인 존재인지, 자유의 의미와 가치를 고민했다. 다시 세상으로 나가면 하고 싶은 수많은 일들을 생각하며, 나는 의무의 시간을 끝까지 인내했다.

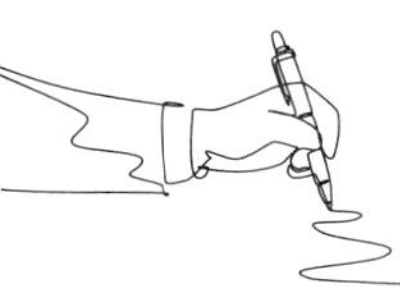

생각하는 대로 사는 삶

생각하는 대로 살지 않으면 사는 대로 생각하게 된다.

내 좌우명이다. 이 문장이 나온 폴 부르제의 소설《정오의 악마》를 읽은 사람이 얼마나 되는지는 모르겠지만, 적어도 인터넷에서 돌아다니는 이 멋진 문장만큼은 나를 포함해 많은 이들의 마음을 울린 것 같다.

직관적으로 이 말은 행동하기 전에 생각하라는 말과 같은 맥락으로 보인다. 그러나 산다는 것과 행동하는 것은 다르다. 행동은 단편적이고 계획적인 행위다. 삶은 보다 연속적이다. 계획하지 않은 우연으로도 이뤄져 있다. 행동하기 전에 생각하라는 말이 하나의 사건을 두고 훈계처럼 사용할 수 있다면 생각하는 대로 살라는 말은 행동하기 전에 생각하는 태도 자체를 권한다. 그리고 그렇지 않을 경우 사는 대로 생각하게 되는 상황을 제시한다.

이 문장에는 생각하는 대로 사는 것이 더 나은지, 사는 대로 생각하는 것이 더 나은지 가치 판단을 직접 제시하지 않는다. '~하지 않으면 ~하게 된다'라는 표현은 앞의 상황을 지향하고 뒤의 상황을 피해야 할 것 같은 느낌을 주지만, 우리는 한 번 더 생각하게 된다. 정말로 생각하는 대로 사는 것이 좋은가? 그렇다면 사는 대로 생각하는 것은 나쁜가?

생각하는 대로 사는 것과 사는 대로 생각하는 것은 분명 다르다. 나는 생각하는 대로 사는 것은 비판적 사고를, 사는 대로 생각하는 것은 무비판적 수용을 의미한다고 해석했다.

나는 사는 대로 생각하는 인생이 두렵다. 삶을 흘러가는 대로 둔다면 우리는 더 편안하고 단순한 결론을 내리며 살아가게 된다. 자신에게 즉각적인 이익이 되는 방식을 택하게 된다. 바쁘다는 핑계로 꾸준히 운동하지 않고, 여유가 없다며 타인을 돕거나 호의를 베풀지 않고 살아가는 것이다. 부당한 일을 맞닥뜨려도, 교육이 잘못되었거나 사회 문제가 심각하더라도 '그건 어쩔 수 없어', '세상이 원래 그런 거야'라는 태도를 가지고 현상을 받아들이는 쪽으로 사고한다면 마음은 편할지 모른다. 그러나 모두가 세상의 모습을 수용하기만 한다면 발전과 변화는 만들어질 수 없다.

악습이 이어지는 이유는 악의가 이어지기 때문이 아니라 사람들이 변화를 만들고 책임지기를 꺼리기 때문이라고 생각한다. 수백만 명을 학살하는 데 관여한 나치였던 아이히만의 특징이 지독한 악인이 아닌 다소 평범한 사람에 가까웠다는 악의 평범성 개념을 떠올리게 된다. 사는 대로 생각하는 삶은, 주체성이 결여된 삶이다.

상황을 관망하고 그 결과를 받아들이는 태도는 유동적이고 상황에 적응할 수 있지만, 복잡한 상황에서 가치를 찾고 새로운 가능성을 만들기 어렵다. 성찰 없는 수용과 변화에 대한 두려움은 상황을 유지하는 데에는 탁월하지만, 많은 경우에 현상의 유지는 최선의 방법이 아니다. 주어진 것을 받아들이는 태도는 분명 필요하다. 하지만 의도적으로 삶을 변화시킬 수 있는 능력을 우리는 가지고 있고, 활용해야 한다.

나에겐 교육을 질문하는 태도가 그러했다. 학교에서는 왜 수업을 들어야 하는지 아무도 알려주지 않는다. 수학의 법칙을 가르치고 사회 현상을 가르치지만 그것을 왜 배우는지는 가르치지 않는다. 수업의 내용을 넘어 그 형식과 이유를 질문하지 않고 대학 진학을 위해 경쟁한다. 그 논리 아래에서 다른 가치는 모두 무의미해진다. 더 좋은 대학 진학을 통해 더 많은 경제 자본을 얻기 위한 경쟁은 언제나 우선순위를 가지고 그 외의 논의를 닫아버리는 힘이 있다.

그러나 본질적으로 삶은 너무나 많은 요소로 구성되어 있기에 하나의 가치로 평가했을 때 반드시 문제가 생긴다. 사람들은 자신을 이해하지 않은 채로 자아와 맞닿아 있는 꿈을 만들지 못하게 된다. 비판적 사고 없는 교육과 사회에 익숙해진다. 배움 그 자체의 힘을 체감해 본 사람이라면 반드시 질문해야 한다. 우리가 무엇을, 왜 배워야 하는지를. 그리고 그 생각이 이끄는 삶을 향해야 한다.

생각하는 대로 산다는 것은 피곤하다. 생각하는 삶은 굳이 한 번 더 질문을 던지고 이유를 찾아가며 새로운 길을 만드는 방식이다. 그러나 행하는 일에 이유가 있는 사람은 흔들리되 후회하지 않는다. 자신이 이 일을 왜 해야 하는지 아는 사람들이 있다. 그들의 신념은 수많은 고민과 비판적인 사고를 거쳐 단단하게 형성된 논리 체계에서 비롯된다. 그 깊이가 깊어지면 사람들을 설득할 수 있는 능력이 생긴다. 세상을 바꾼 사람들은 사는 대로 생각하기보다 생각하는 대로 살았을 것이라고 믿는다. 그렇게 나도 편안함이 아닌 생각의 길을 따라가는 사람이 되고 싶다.

생각의 모습은 사람마다 다르다. 그 방식은 정답을 가지고 있지 않고, 누군가 강요할 수도 없다. 무작위하고 불확실한 세상 속에서 우리는 생각하는 힘을 스스로 길러내고 그것을 삶으로 이어 붙일 때 비로소 삶의 주인이 될 수 있다. 끝없이 사고하며 나아가야 하는 이유이다. 물질과 효용으로 환원되지 않는 인간의 가치는 생각의 모습에서 찾을 수 있다.

이성이 가진 사고의 힘은 인간이 고차원적인 사고를 하고 세계를 이해하는 데 도움이 된다. 얕은 경험으로는 본질을 파악할 수 없다. 물은 100℃가 되면 끓기 시작한다. 온도계가 없는 한 우리는 눈으로 물의 온도를 파악할 수 없고 100℃라는 역치를 넘었을 때야 끓는 현상을 통해서 온도라는 성질의 특성을 파악할 수 있는 법이다.

사람의 본질과 내면의 가치는 우리의 경험 세계에 드러나지 않는 경우가 많다. 실재의 영역을 우리는 경험을 통해서만 추론할 수 있다. 봉사 활동을 기록을 얻기 위해 억지로 하는 사람과 타인을 돕고 싶은 마음에서 행하는 사람은 다르다. 누군가의 말을 통해, 행동을 통해 그 내면을 추측할 뿐이다. 표지만 보고 책을 평가하는 일은 사는 대로 생각하는 것과도 같다. 노력을 들이지 않고 단편적인 생각에 머무르는 것이다.

그러나 세상을 더 깊게 이해하고 싶다면 우리는 경험을 그대로 받아들이지 않고 사고를 통해 그 본질을 파악하려는 노력이 필요하다. 현상의 원리를 찾는 과학적 탐구 방식이 그렇고, 사람과 함께 지내며 알게 되는 특성 따위가 그렇다.

생각하는 대로 산다면 우리는 세계를 바꿀 수 있다. 인식이 곧 세계이기 때문이다. 컵의 절반을 채운 물은 그 자체로는 하나의 사실일 뿐이다. 그러나 누군가는 컵에 물이 반이나 남았다는 사실에 기뻐하고, 누군가는 컵에 물이 반밖에 남지 않았다는 사실에 짜증을 낸다. 하나의 사실에 대해서도 다른 관점이 있고, 그 관점은 곧 삶이 된다. 작은 것에 감사하고, 즐거움을 찾으려는 태도를 지닌 사람이 있는가 하면 모든 일에 불평하고, 억울함만 토로하는 사람이 있다.

사실에는 가치 판단이 포함되어 있지 않고, 우리가 느끼는 바에 의해 모든 희로애락이 생겨난다. 자신의 삶은 오로지 자신이 느끼는 총체이다. 그렇다면 당신은 물 반 컵을 보고 어떤 마음을 가질 것인가? 사는 대로 생각한다면, 불만스러운 태도를 자연스럽게 체화하게 될지도 모른다. 주체적인 생각을 기반으로 살아가야 한다. 무작위로 던져진 삶 속에서 생각은 우리의 나침반이다.

나는 좀 더 염세적이고 우울했던 예전에 비하면 안 좋은 일을 가볍게 털어 넘기려고 노력한다. 안 좋은 일이 일어나면 그 일이 더 안 좋은 일을 막아주었고, 좋은 일을 불러오리라 생각한다. 살아오며 가졌던 믿음이나 사고방식은 변해왔지만, 멈추지 않고 계속 사고하는 삶을 살기 위해 노력한다.

많은 상황에서 '자신이 대접받고자 하는 대로 남을 대접하라'라는 황금률을 지키려 한다. 황금률은 도움을 원치 않는 사람의 경우 남을 돕지 않아도 되는 원칙이므로 보편적인 도덕 법칙이 되기는 어렵다. 그러나 호혜적인 세상을 바라는 나는 나 자신으로부터 최소한의 초석을 다지고자 할 때 황금률을 떠올린다. 적어도 권리를 주장하기 위해 타인에게 동일한 의무를 다하라는 주장이 합리적으로 생각되기 때문이다. 각자의 행위의 원칙은 각자의 사고를 거쳐 확립된다. 그 방식은 누구도 강요할 수 없는 자유다. 그러나 책임 또한 오로지 자신에게 있다. 생각은 삶의 자유를 보장하고 선택의 책임을 강화해 준다.

한마디로 정리하자면, 생각하는 대로 사는 삶이 사는 대로 생각하는 삶과 비교했을 때 더 나은 삶을 위한 방법이라고 믿는다. 그러나 생각과 삶을 일치시키기란 쉽지 않다. 마음만 같아서는 하루에 한 권씩 책을 읽고 싶지만, 어김없이 단순한 쾌락을 좇는 나 자신을 자주 발견한다.

보통의 사람이라면 모든 행동이 떳떳한 행동일 수는 없으며 우리는 불완전하고 미숙한 선택을 다수 내리게 된다. 우리는 욕구에 취약하고, 편안함을 찾으려 한다. 인간이라면 모든 행동을 마음먹은 대로 행하지 못한다. 그러나 단편적인 생각을 넘어 살아가는 태도에 있어서는 생각을 따를 수 있다.

그조차도 삶이다. 결국 지나간 선택에는 책임을 지고, 앞으로의 선택에는 생각으로 신중을 기하면 된다. 그렇게 우리는 완벽하지 않아도 더 나은 삶을 향할 수 있게 될 것이다.

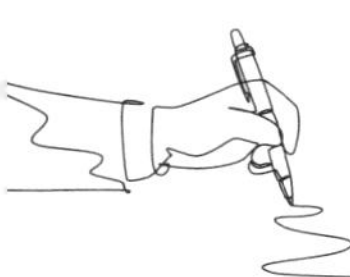

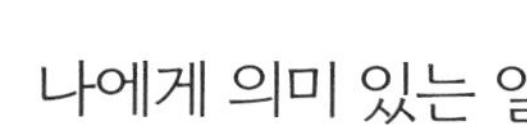

나에게 의미 있는 일

우리는 일을 하면서 살아간다. 다양한 종류의 재화나 서비스를 제공하며 그 대가로 생계를 유지할 수 있는 금전적인 보상을 받는다. 금전적인 대가를 바라지 않는 일도 존재하고 재화나 서비스를 제공하지 않고도 금전적인 가치가 생기기도 하지만, 대부분의 사람들은 일을 통해 소득을 올리고 삶을 이어간다. 하지만 모든 일이 넉넉할 만큼의 돈을 제공하지는 않는다. 사람들은 더 많은 돈을 벌 수 있는 직업을 얻기 위해 경쟁한다. 안정적인 일은 인기가 많고, 전문직은 더욱 인기가 많다. 경제적으로 독립하지 못한, 직업 선택의 갈림길에 있는 속 편한 대학생의 생각이지만 나는 일에서 의미를 함께 찾고 싶다.

성인이 되고 나서야 돈 걱정을 하지 않고 편안하게 살 수 있게 해주신 부모님의 감사함을 알게 되었다. 그리고 이것이 가능했던 이유는 부모님의 희생과 책임감 때문이라는 사실도 알게 되었다. 아버지는 집안에 보탬이 되기 위해 해외에서 봉사하는 의사의 꿈과는 다르게 최대한 빠르게 돈을 벌 수 있는 회사원의 길을 택하셨고 가족을 위해 한평생을 일하고 계신다.

어머니도 딸이라는 이유로 서울에서 대학에 다닐 기회를 얻지 못했던 희생이 있으셨고, 두 명의 자녀를 키우면서 지금까지도 선생님으로 일하고 계신다.

교육을 통해 양질의 일자리와 좋은 가정을 만든 부모님은 열정적으로 아들과 딸에게 수학과 영어를 가르치셨고, 곧잘 따랐던 아들과 딸은 그 희생과 사랑 위에서 다행히 공부를 잘하는 학생이 되었다. 그리고 높은 학업적 성취는 다양한 직업에 있어서 선택의 폭을 늘려주는 기회가 되었다. 누나의 사춘기에 어떤 이야기를 하고 있는지 잘 모르지만, 내가 아는 건 그 끝에서 의대에 가겠다는 누나의 결심이었다. 누나는 나보다 공부도 잘하고 또 욕심이 있는 성격이었다. 그렇게 결정을 위해서 노력했고 좋은 결과를 얻어냈다.

반면 나는 십 대의 후반에 학생들의 행복을 해치고 있던 교육의 본질을 고민했다. 무엇이 옳고 무엇이 그른 것인지, 사회는 어떻게 이뤄져 있고 개인은 어떤 삶을 살아야 하는지 알기를 원했다. 세상을 바꾸고 싶었고 그렇게 인문학에 흥미를 붙였다. 돈을 많이 버는 직업을 가져야 한다는 강박이 없었기 때문에 가질 수 있는 꿈이었다. 무슨 직업을 가져야 할지 몰랐지만 적어도 의사가 되고 싶지는 않았다. 의사도 분명 훌륭한 직업이지만 사람과 사회, 세상과 적극적으로 상호작용하며 성장하는 직업을 가지고 싶었다.

세상의 모든 직업은 의미가 있다. 어떤 방식으로든 가치를 제공하기 때문에 그에 맞는 금전적 보상이 주어지는 것이다. 언제나 노동의 대가와 보상이 일치하는 것은 아니지만 말이다. 어떤 일이 다른 일보다 의미 있다고 말하기도 쉽지 않다. 모두가 각자의 위치에서 주어진 일을 해내기 때문에 사회가 유지되고 있다는 것도 안다. 단지 나에게는 어떤 종류의 일이 더 가치 있다고 느껴졌고, 더 나은 교육과 사회를 위해 일하는 사람들이 멋지다고 생각했다. 세상을 공부하는 게 즐거웠고 나도 내가 가진 이상을 실현하고 옳음을 행하고 싶었다.

부족한 적이 없어서, 어려움을 몰라서 이런 생각을 한다고 해도 달리 할 말은 없다. 하지만 나는 오히려 부모님 덕분에 여유를 누릴 수 있는 삶을 살았기에 나의 이익을 넘어서 세상에 기여하는 가치를 만들겠다는 생각이 마땅히 가져야 할 태도처럼 느껴졌다.

아르바이트를 하면서 사람에게 일이 가지는 의미를 배울 수 있었다. 학비를 벌기 위해 항상 일을 하느라 대학 생활을 즐기지 못하셨다는 아버지와 달리 나는 부모님의 지원 덕분에 자유를 즐길 수 있었다. 아르바이트 또한 돈보다도 경험을 위해 구했다. 군인일 때는 온전히 가질 수 없었던 책임감으로 사람들을 대하는 일을 해보고 싶었다.

마침 집에서 가까운 거리의 음식점에서 자리를 구할 수 있었다.

처음이었지만 일을 열심히 배웠고 초반에 단체 손님을 몇 번 허둥대며 받고 나니 빠르게 적응할 수 있었다. 좋은 어른들을 알게 되며 좋은 경험과 추억을 쌓았다. 평소에도 과일이나 과자를 먹으며 일하곤 했는데, 회식이 있으면 고기와 술을 마음껏 먹을 수 있었다. 대학생활에서 만나는 또래와 다르게 어른들과 대화할 수 있는 시간도 좋았다.

잠시 들렀다가 떠나는 알바생이 아닌 한 조직의 구성원으로 함께 일한다는 기분이 들었다. 사장님과 매니저님은 친구들이 오면 서비스도 흔쾌히 내주셨고 지금도 가끔 밥을 먹으러 가면 계산하지 말고 가라고 등을 떠밀기도 하신다.

나는 나대로 주어진 일에 최선을 다했다. 대타가 필요할 때 시간이 될 때면 언제나 대타를 자처했고 사소한 작은 일에도 신경을 기울이려고 노력했다. 시급을 받아 가는 아르바이트생을 넘어 조직의 구성원으로서 가져야 할 책임감을 짊어지려고 했다. 단순한 고용관계를 넘어 사람과 사람 사이의 관계를 기반으로 한 책임이 있다고 느꼈다.

손님에게는 최대한의 친절을 베푼다는 생각으로 임했다. 웃는 얼굴과 친근한 태도는 누군가의 하루를 기분 좋게 만들 수 있는 가장 쉬운 방법이자 사람을 대하는 직업의 마땅한 태도라고 여겼다. 한 번은 손님이 나가시면서 사장님께 알바생이 너무 친절하다고 칭찬하고 가셨는데 기분이 그렇게 좋을 수가 없었다.

호의는 호의로 이어지는 법이고 베푸는 만큼 분명히 삶에서 나에게 돌아오는 무언가가 있다고 믿는다. 돌아오는 것은 단순히 경제적인 보상이 아니라, 나누는 사람은 선한 영향력을 전하며 자기 주변의 세상을 더 좋은 곳으로 만들기에 자신 또한 더 좋은 삶을 살 수 있게 된다는 측면에서 그렇다.

다양한 분야에 걸친 흥미를 토대로 다양한 능력을 키워 유기적으로 활용할 수 있는 사람이 되고 싶다. 막연한 생각이지만 언젠가는 학교를 세워서 철학하는 인재를 키우는 교육가가 되고 싶다. 글쓰기와 토론을 즐기며 비판적 사고를 중심으로 하는 커리큘럼을 제공하고 싶다. 학교에서 아이들을 가르쳐 보고 싶기도 하고, 직접 교육 정책을 다루는 사람이 되는 방법도 고민한다. 교육 방송의 PD도, 사람들에게 널리 알릴 수 있는 미디어를 제작하는 콘텐츠 제작 등도 매력적으로 다가온다. 안정적인 수입을 낼 자신이 없다면 경제적인 가치에 집중해 직업을 구할지도 모른다.

그러나 궁극적으로는 자아실현을 목표로 하는 일을 찾아 나설 것이다. 일은 단순히 생계유지의 수단이 아니라 삶에 의미를 부여하는 중요한 활동이기 때문이다. 그래서 어떤 직업을 가지더라도 글을 앞으로도 계속 쓸 계획이다. 많은 일들을 해보고 싶고, 잘하고 싶다. 가벼운 마음으로 다양한 도전을 하는 것만으로는 부족하다는 사실을 안다. 전문성과 성실함은 그 어떤 일을 하더라도 필요하다. 당장에 나는 한 분야의 능통한 능력을 갖추고 있지 않고, 직업 선택에서도 고민이 많아 불안함도 느낀다. 그러나 선택에 대한 책임은 내가 지면 된다. 지금으로써는 도전하지 않는 쪽이 더 두렵다. 가지 않은 길에 대한 후회를 느끼고 싶지 않다.

돈은 어느 경우에도, 그 자체로 목적이 될 수 없다. 돈을 통해 구매할 수 있는 재화, 충분한 돈이 주는 여유에서 오는 안정감은 모두 돈의 내재적인 가치가 아닌, 도구로서의 가치에서 비롯한다. 돈은 사회적 합의를 통한 상징일 뿐이다. 돈이 중요하지 않다는 주장이 아니다. 소득과 행복은 어느 정도의 수준까지 유의미하게 비례한다. 그러나 그 본질적인 이유는 돈이 우리 삶에서 행복을 구성하는 요소를 추구할 수 있게 하기 때문이다. 좋은 물건과 맛있는 음식, 시간과 건강 등 돈은 행복으로 다가가는 쉬운 길을 열어줄 수 있다. 하지만 행복을 구성하는 여러 가치는 돈 자체에 속한 가치가 아니기 때문에, 돈 없이도 이룰 수 있다. 반대로 사람을 잃어 누구에게도 기댈 수 없고 건강을 잃어 몸을 가눌 수 없다면 억만금이 무슨 소용인가. 살아가는 데에 필요한 소득을 올리는 일은 중요하지만, 필요 이상으로 스트레스를 받거나 강박을 가지지 않았으면 한다.

사회의 성장률과 부의 크기는 대체로 정해져 있다. 투자를 공부하고 자신의 가치를 끌어올리는 등 더 많은 돈을 버는 노력은 유효하지만, 모두가 만족할 만한 부를 얻을 수는 없다. 그러나 삶의 만족도와 행복은 정해져 있지 않다. 더 나은 삶을 위해 더욱더 치열하게 경쟁할 것이 아니라 돈이 가져다줄 수 있는 가치를 직접 추구하는 사고의 전환을 제안한다.

진정한 행복이 있다면, 그것은 주어진 것 안에서 만족하는 삶 속에 있어야 한다. 행복은 가족이나 친구, 연인과의 관계 안에 있고, 취미와 독서처럼 자아와 맞닿아 있는 활동 속에 있다고 생각한다. 행복은 주관적인 감정이고, 사고의 전환에는 비용이 들지 않는다. 지금 당장 곁에 있는 사람에게 마음을 전하고 도서관에서 책 한 권을 빌리는 데는 조금의 마음과 시간만 쓰면 된다. 혹은 자기 삶에서 중요한 다른 가치를 향해 직접 나아가 보면 어떨까.

물론 그렇게 믿는 나도 그 전환이 어렵다. 행복을 작은 곳에서 찾고 건강과 관계를 중시하며 일상을 가꾸는 노력에 익숙하지 않다. 그러나 돈만을 위한 사고를 멈추고 행복의 본질로 향하는 전환은 좋은 방법이라고 믿어 의심치 않는다.

내가 좋아하는 부자와 어부의 이야기가 있다.

도시에서 온 부자가 배 옆에서 여유롭게 낮잠을 자는 어부에게 왜 고기를 잡으러 나가지 않냐고 한심하다는 듯이 말한다. 어부는 오늘 몫을 이미 다 채웠다고 답한다. 부자가 고기를 더 잡아놓으면 좋지 않냐고 묻자, 어부는 고기를 더 잡으면 무엇 하냐고 묻는다. 부자는 고기를 더 잡아 더 큰 배를 사고, 더 넓은 바다에서 더 많은 고기를 잡아 그렇게 사업을 키워나가서 자신처럼 부자가 될 수 있지 않냐고 한다. 어부는 다시, 부자가 되면 무엇 하냐고 묻는다. 부자는 자신처럼 부유해지면 가족들과 함께 여유롭게 저녁을 보내고, 하고 싶은 일을 하며 편안한 삶을 즐길 수 있다고 말한다.

어부는 대답한다. "내가 이미 그러고 있잖소?"

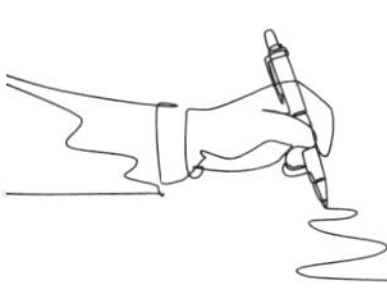

스물셋, 작은 걸음을 내디딘다

1년 6개월 동안의 군 생활을 마쳤다. 쉬는 기간 없이 학기가 끝나자마자 입대했기에 세 학기 휴학 후 바로 복학할 수 있었지만, 나는 한 학기를 마저 휴학하며 여유를 가지기로 했다. 슬슬 코로나로 인해 멈췄던 세상은 다시 원래의 모습으로 돌아가고 있었다. 본질을 바라보고 지식과 지혜를 통한 성장을 믿는 태도를 여전히 간직한 채, 이제는 책임을 수반한 자유를 받아들일 준비가 되었다고 믿었다.

먼저 알바를 구했다. 돈을 많이 벌고 싶었다면 과외를 구했을 것이다. 그러나 나는 과외에 괜한 거부감이 있었다. 과외 선생님이 되면 성적을 올리기 위한 수업을 하게 될 테고 인격적인 교류나 삶에 대한 멘토링 등은 결코 과외의 중심이 될 수 없다고 생각했다. 내가 그토록 싫어했던 입시를 위한 교육의 방식에 동참하고 싶지 않았고 최저시급의 몇 배나 되는 시급은 오히려 입시 시장의 비정상적인 부가가치를 악용하는 것만 같았다. 사람과 함께 일하고 싶었고, 사람을 대하는 일을 하고 싶었다.

집과 가까운 거리에 있는 음식점에서 일자리를 구했다. 아르바이트는 처음이었지만 좋은 사장님과 매니저님 덕분에 빠르게 적응하며 소중한 경험을 얻었다. 꾸준히 일을 나가며 규칙적인 일상을 유지하는 효능감도 얻으면서 생활비도 마련할 수 있었다.

일주일에 한 번씩 기타와 피아노를 배웠다. 대학생으로 돌아가기 전 여유로운 시기에 악기를 배우고 싶었다. 제대로 배워본 적 없는 일렉 기타와 기초 재즈 피아노를 배웠다. 자취방에도 중고로 전자피아노를 들였다. 남들이 수업을 들으러 학교로 올 때 기타를 메고 지하철역을 내려가는 기분은 묘한 해방감을 줬다. 6개월 만에 급격한 성장을 이룰 수는 없었겠지만, 조금은 아쉬움이 남았다. 연습을 좀 더 성실히 할 걸 지나고 나서야 조금 후회도 했다.

언젠가 악기에 몰입하는 시기를 거쳐 자유롭게 음악을 하게 되는 날을 여전히 꿈꾼다. 기타와 피아노 선생님의 모습은 인상적이었다. 개성 있는 작업실과 다양한 장비, 음악을 하는 삶과 그 이야기. 사랑하는 일에 열정을 쏟을 수 있는 삶이 멋져 보였다. 피아노 선생님과는 수업 후에도 얘기를 자주 나누곤 했는데 나와 다른 삶의 모습을 가진 사람과의 대화는 역시 흥미로웠다. 하기 싫지만 해야 하는 일로 점철된 억제된 삶보다는 책임을 다하며 자유를 제한하지 않는 삶을 더욱 동경하게 되었다.

학교에 조금씩 적응하고 못다 한 대학 생활을 위해 동아리에 들었다. 예전부터 생각이 있었던 교육봉사 동아리에 들어갔다. 교육봉사는 당장 내가 교육으로 사회에 기여할 수 있는 가장 의미 있는 일이었다. 세상을 바꾸는 일은 법률의 수정이나 권력가의 정치만으로 이뤄지지 않는다. 오히려 우리 사회를 지탱하고 있는 보이지 않는 커다란 힘은 사람들의 선한 마음과 작은 호의와 같은 소소한 아름다움이다. 나 자신과 그 주변의 사람과 세상을 조금씩 바꾸는 데에서 변화는 비로소 시작된다. 과외를 맡았다면 할 수 없었을 다양한 체험 활동이나 인격적 교류를 통해 보람과 즐거움을 얻었다.

공부방에서 하는 봉사이다 보니 아무래도 공부에 흥미가 없는 학생들이 있었다. 중고등학생 아이들과의 수업에서 고민했다. 어떤 환경 혹은 진학 등의 이유로 인해 교과목을 열심히 공부했던 우리와 달리 그만큼의 동기가 없는 학생들에게 교육은 왜 배워야 하는지 모르는 수학 문제와 영어 단어에 그쳐야 하는 걸까. 수학 수업은 최대한 원리에 집중하며 지루하지 않게 수업하기 위해 노력했고, 관심 분야를 고려해서 스포츠 용어나 노래 가사로 영어를 가르쳐 보기도 했다. 학업 성취를 돕는 데도 최선을 다했지만, 아이들과 조금 더 친해지고 이야기를 들어주며 배움 자체의 재미를 알려주려고 했다. 교육에서 교육자와 피교육자 사이의 라포가 가지는 중요성을 체감했다. 단순히 지식을 전달하는 교육자가 아니라 사람을 향하는 교육자가 되어야 한다고 느꼈다.

복학이 가까워졌다. 코로나로 인해 처음으로 가볼 강의실이 두

럽기도 했고 조금 설레기도 했다. 다만, 학기가 시작되면 다시는 지금처럼 여유로울 수 없다는 사실을 알았다. 언제나 마음속에 품고 있던 책의 꿈을 다시 꺼냈다. 오직 교육이 중심이었던 에세이의 구조를 크게 수정해서 지금까지의 나의 삶과 생각을 담은 책을 구상했다. 더 나은 삶과 세상을 중심으로 새로운 책을 구상했다.

혼자 글을 모으던 예전과는 달리 친한 친구들이 보는 블로그를 만들어 글을 썼다. 오랜만에 꺼내는 몇 년 전의 이야기, 그때의 생각들, 그리고 성인이 된 후로도 시간이 쌓여 생긴 다양한 생각을 담아 글을 썼다. 정성 어린 댓글을 많이 받았고 힘을 얻었다. 여전히 글이 완벽히 마음에 들지는 않았지만, 고등학생 시절 썼던 글과 비교했을 때는 제법 괜찮아 보였고 어설프더라도 이제는 책을 완성할 수 있겠다는 생각이 들었다. 그렇게 여름방학과 학기가 끝나고 겨울방학에 책의 초고를 완성했다.

전역도 했고 여유롭게 한 학기도 쉬었겠다, 한 번쯤은 열정적으로 바쁘게 살고 싶었다. 1년 6개월 복무를 하고 상반기를 쉬며 나는 뒤처진다는 불안감이 분명 커지고 있었다. 무엇이 뒤처지고 있는지도 모르기에 따라잡을 수도 없었지만, 흔히 말하는 스펙이 될 수 있는 무언가를 해야 할 것만 같았다. 그렇게 급급한 마음으로 활동을 찾으면서도 컨설팅이나 투자 등의 분야는 여전히 나의 마음을 움직이지 못했다. 브랜드로 세상을 바꾼다는 문구를 가진 활동에 지원했다. 멀게만 느껴지는 이상이나 꿈에서 잠시 벗어나 스펙이 될 수 있는 활동을 찾았던 마음이 무색하게 여기서 나는 가치를 향하는 집단, 꿈꾸는 사람들을 만나며 가지고 있던 생각을 더욱 확고히 하게 되었다. 세상은 가끔 내가 그렇게 느끼는 것만큼 딱딱한 곳이 아니고, 여전히 가치를 말하고 꿈을 외치는 사람들이 많다는 사실을 눈으로 확인했다. 이곳에서 심화 연구 활동까지 지원하며 학교 외에도 두 개의 팀 활동을 하게 되었다.

입대 전과는 다르게 학교 수업의 내용도 훨씬 흥미롭게 다가왔다. 비대면으로 들었던 수업과 직접 눈앞에서 듣는 수업은 몰입의 차원이 달랐다. 또한 경영학이 다루는 내용이 전처럼 무의미하게 느껴지지 않았다. 그것이 내가 궁극적으로 추구하는 가치는 아닐지라도, 기업과 경제 활동을 무턱대고 평가 절하할 이유 또한 없었다. 경영 안에서도 숫자로 환원되지 않고 사회적인 가치를 다루는 수업도 수강했다. ESG 경영에 대해 제대로 배울 수 있었던 수업과 철학을 기반으로 경영을 이해하는 수업이 특히 인상 깊었다. 경제와 기업을 배우는 것이 결코 가치와 동떨어진 이야기가 아니며 눈앞에서 벌어지는 세상의 일이라는 사실을 체감했다.

다른 과목들도 각자의 가치를 이해하면서 최대한 배움의 자세를 유지했다. 듣고 싶었던 교육학과의 전공인 교육학개론 또한 수강했다. 비록 교육학과로 진학하지 않았지만, 교육학을 배우지 못할 이유는 없었다. 나는 수업에 열심히 참여하며 교수님의 가장 가까이에서 수업을 들었다. 토론 위주의 자유로운 수업은 어느 수강 평가처럼 '가장 대학 강의다운 수업'이었다. 전체적으로 모든 수업에 흥미 있게 집중할 수 있었다.

처음 대면으로 듣는 6개 수업 모두 조별 과제가 있었다. 개인보다는 팀으로 일할 때 더 좋은 결과를 낼 수 있다고 믿는다. 그러나 학교 수업에서의 임시적인 팀은 내가 바라는 몰입하며 유기적으로 작용하는 팀의 모습이 아니었다. 가끔 시간을 맞춰 회의하고 프로젝트를 이어 붙이는 조별 과제의 특성상 이 팀은 대다수 애매한 집단에 그친다. 비즈니스 관계 이상으로 발전하기 어려운 거리감이 종강할 때까지도 대부분 이어졌다. 거기에 브랜드 활동에도 많은 시간을 할애해야 했고 봉사 동아리 활동도 포기할 수 없었다. 아르바이트도 주 1회로 시간을 바꾸고 놓지 않았다.

일의 종류가 너무 많았기에 집중과 몰입에 대한 갈망이 생겼다. 하나의 프로젝트를 진득하게 진행하고 싶었다. 학교 수업도 좋고 브랜드를 배우는 활동도, 알바도 좋았지만 내가 하고 싶은 한 가지 생산적인 활동에 시간을 쏟아보고 싶었다. 그리고 마음 깊은 곳에서 떠오르는 그 한 가지 일은 책을 마무리하는 것이었다.

그렇게 2023년의 2학기를 바라던 대로 바쁘게 살았다. 학기 중간에는 정말 버거운 때가 많았다. 오전에는 수업을 듣고, 오후에는 동아리, 아르바이트, 대외 활동을 하고 밤에는 과제와 팀 프로젝트 회의를 했다. 주말에 일이 없으면 잠을 몰아 자곤 했다. 각종 과제와

할 일들이 나를 집어삼켰다. 밤에 잠을 줄이게 되면서부터는 아르바이트를 그만둘 수밖에 없었다. 조별 과제가 대부분이기에 수업을 마냥 놓아버릴 수도 없었다. 혼자 하는 수업이라면 힘을 뺄 수 있지만 다른 사람들에게 피해를 줄 수는 없었다. 카페인을 평소에 먹지 않지만, 시간이 부족할 때면 에너지 음료를 마셔가며 하나씩 일을 처리했다. 경영학과 수업은 대부분 한 학기 내내 진행되는 프로젝트를 이어가 기말고사 직전에 발표까지 하는 구성이 많았다. 과목마다 수많은 회의를 거쳐 보고서와 발표 자료를 만들고 발표를 준비했다. 가장 바빴을 때는 잠이 부족하고 스트레스로 인해 이명까지 찾아와 신경이 예민해지기도 했다. 그럼에도 나의 선택에 끝까지 책임을 지겠다고 마음을 먹었었기에 끝까지 학교와 활동을 마무리했다.

모든 일이 마무리되었을 때 큰 성취감을 얻었다. 하지만 하루하루를 즐기며 능동적으로 사는 것이 아닌 겨우 닥친 일들을 처리하며 살아내는 식의 삶이 계속될 수는 없다는 사실을 몸으로 깨달았다. 건강하지 못하고 몸을 챙기지 않는 삶은 좋은 삶이 아니다. 어떤 일을 하더라도 일과 삶의 균형은 중요하다고 확신한다.

나는 학문이나 분야에 한정되지 않고 배움과 성장의 힘을 믿는 세상, 그를 위해 한 명의 사람에게서 내적인 변화를 끌어낼 수 있는 일을 하고 싶다. 끝없이 배우고 사유하며 더 나은 세상을 사람들과 함께 고민하고 싶다. 여전히 목표는 추상적이고 혼란스럽다. 안정적인 직장을 얻지 못할지도 모르고 생각하는 대로 인생이 흘러가지 못할지도 모른다. 경제적인 가치도 필요한 만큼 창출할 수 있을지 알 수 없다. 그러나 삶의 어느 시점에 후회가 생기더라도 선택의 책임을 온전히 짊어지는 삶이라면 괜찮다고 자신한다. 부자가 되지 않아도, 사회적으로 인정받지 못하더라도 실패한 인생은 아니다. 그러나 꿈이 없고 의미를 느끼지 못하는 일을 하면서 나는 살아갈 자신이 없다. 이 길의 끝에 무엇이 있는지 제대로 확인하고 싶다.

스물넷에는 철학을 전공하고 바람대로 책에 집중할 수 있는 시간을 만들었다. 교육봉사 동아리의 회장이 되어 다양한 프로젝트를 진행하며 내가 생각하는 본질에 좀 더 가까운 교육을 만드는 기회를 얻었다. 스물다섯에는 교환학생으로 독일에 가서 더 넓은 시야로 세상을 바라보고 싶다. 책을 완성하고 나서도 진행하고 싶은 프로젝트를 구상하고 있다.

지금 내가 가진 능력이 대단하지 않고, 비전도 구체적이지 않다는 사실을 알고 있다. 그러나 방향과 동기가 중요한 것이라고 백번 믿는다. 더욱 배우고, 더욱 도전할 생각이다. 무엇이든 꾸준히 해나가면 분명 성과를 만들 수 있다고 믿는다. 그렇게 내가 바라는 삶의 주인이 되어 인생을 멋지게 항해하고 싶다. 작은 걸음을 내디딘다.

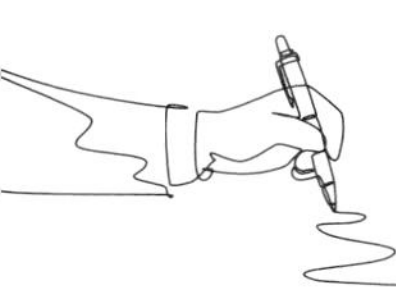

죽음은 삶의 일부로서 존재한다

고등학생일 적 죽음에 관한 단원을 구상하고 쓴 적이 있다. 내가 좋아하는 작가들의 책에서 죽음을 다룬 단원이 있었고 감명을 받은 나도 같은 주제로 글을 쓰고 싶었다. 그러나 좋은 글을 쓸 수 없었다. 당시 나에게 죽음은 개념으로만 존재하는 무엇에 가까웠다. 부끄럽지만 그저 심오한 주제로 그럴듯한 글을 쓰고 싶었을 뿐이었다. 개인적인 경험이 없으니 원론적인 이야기를 다루려고 했다. 불로장생을 찾았던 사람들의 이야기로 시작해 수명이 다하면 어린 개체 상태로 돌아가 이론상 영생이 가능한 홍해파리 얘기, 내가 죽고 난 후를 상상하고 의식과 죽음의 연관성을 언급했다. 지금 읽어보면 어떤 내용을 전달하고 싶은지 도통 알 수가 없다. 하지만 그때의 어설픈 글은 죽음을 마주하지 않았어도 되었던 운이 좋은 시기에 대한 증거일지 모른다.

죽음을 삶에서 몇 번 마주하고 난 지금의 나는 심각한 고민 없이 죽음에 대한 글을 쓸 수 있던 때가 돌아갈 수 없는 아득한 과거처럼 느껴진다. 그러나 삶과 죽음은 서로에 의해 존재하게 되는 개념이며, 삶은 반드시 죽음을 포함해서 이해되어야 한다.

《노르웨이의 숲》을 열아홉에 한 번, 스무 살이 되자마자 유럽에서 한 번, 스물셋이 되고 한 번 읽었다. 삶의 시기에 따라 책의 다른 내용이 눈에 들어왔다. 열아홉에는 주인공 와타나베의 고독과 허무에 이입했다. 스물에는 미도리라는 인물의 생명력이 인상 깊게 다가왔다. 스물셋에는 소설 전체를 관통하고 있는 '죽음'이 강하게 느껴졌다. 소설에서 핵심으로 등장하는 '죽음은 삶의 대극이 아닌 일부로서 존재한다'라는 문장이 긴 여운을 남겼다. 정말 그런 것 같다. 삶은 죽음에의 과정이고 필연적으로 모든 존재는 죽음을 품고 있다. 그리고 남은 자와 떠난 자의 단절된 관계는 유독 아프다.

꽤 오랫동안 나의 삶에는 죽음이 없었다. 이별을 맞이할 일이 없었다. 그 사실은 축복이었는지도 모른다. 살면서 한 번도 장례식에 가본 적이 없었다. 첫 번째 죽음의 기억은 열아홉, 친구 아버지의 장례식장이었다.

갑작스러운 소식을 전해 듣고 친구들과 조문을 가기로 했다. 부모님께 장례식장에서 어떻게 행동해야 하는지 간단하게 듣고 조의 봉투를 들고 교복을 입고 나선 기억이 난다. 처음 마주한 장례식장의 분위기는 조용하고 서늘해서 사뭇 무섭기까지 했다. 상주 완장을 찬 친구가 우리를 맞이해 주었고 나는 여전히 어떻게 반응해야 할지, 무슨 말을 건네야 할지 전혀 감을 잡지 못했다. 빈소에서 인사를 드렸다. 친구의 아버지는 내가 실제로 뵌 적은 없는 분이셨다. 그럼에도 죽음이라는 부재의 존재는 너무나 강렬하고 생생한 것이어서,

생전 처음 느껴보는 슬픔이 나를 감싸왔다. 빈소 앞에서 친구의 할머니가 통곡하시며 나의 손을 잡으셨다. 슬픔이 손을 통해 전이되기라도 하듯, 나도 눈물이 나오기 시작했다. 자리에 앉아서도 나는 울음을 그치지 못하고 오히려 소리 내어 울기 시작했다. 소리 내어 우는 것이 얼마 만인지 기억도 나지 않던 때였는데, 쉽게 슬픔이 가시지 않았다. 간단하게 차려진 음식에도 거의 손을 대지 못했다. 상주인 친구는 이미 격정을 마친 듯 붉은 눈시울과 얼굴에 내린 슬픔이 있었지만 의연해 보였다. 친구를 위로하기 위한 포옹과 인사는 사실 나에게 더 위안이 되었는지도 모른다.

더욱 슬펐을 이 앞에서 황당하게도 아이처럼 울어버린 강렬한 기억은 한동안 잊히지 않았다. 이날 이후로 나는 죽고 싶다는 말을 더 이상 가볍게 하지 않았다. 고등학생 시절 힘들었던 시기에는 부끄럽게도 습관처럼 뱉던 말이었다. 그 말의 경중을 조금이나마 공기에서 마셔본 후로는 가볍게 할 수 없게 되었다. 그리고 삶은 흘러갔다. 누군가의 시계가 멈춘다고 해서 다른 사람의 시계가 멈추지는 않는다는 사실이 묘했다.

그리고 성인이 되고 몇 년 후에 두 번째로 죽음을 만났다. 나는 수학학원을 오랫동안 다녔다. 초등학교 6학년 때부터 대학에 가기까지 하나의 수학학원에 다녔다. 어머니는 나를 수학학원에 보내야겠다고 생각하시고 주변에서 학원을 추천받으셨다. 그리고 추천받은 학원으로 올라가는 길에 아래층에 있는 학원을 먼저 들러보셨다. 그 학원의 원장 선생님과 상담하신 후 원래 생각했던 학원은 가보지도 않고 여기에 나를 보내야겠다고 마음을 굳히셨다고 한다. 그렇게 만난 원장 선생님은 나의 삶에서 멘토이자 좋은 어른이 되어주셨던 분이다.

원장 선생님은 유독 나를 예뻐하셨다. 어렸을 때부터 나는 수업에 열심히 참여하며 많은 질문을 던졌다. 논리적 규칙 아래에서 정답을 탐구하는 수학은 어린 시절 나의 지적 호기심을 충족시켜 주었다. 그러다 나이가 들고 수학은 입시의 도구가 되었고 전만큼 즐겁게 느껴지지 않았다. 고등학교 수학에 흥미를 잃은 나에게 원장 선생님은 어렸을 때의 그 총명한 눈동자가 사라졌다는 농담을 하셨다. 그 말을 듣고 흐릿하게 어린 시절을 추억하며 다시 수학에 손을 대보려고 했던 때가 기억난다.

고등학생이 되고 독서와 글쓰기, 교육의 본질을 고민하던 시기에 수학은 나에게서 조금씩 멀어져 갔다. 사람 사이의 일에 더 시급한 문제, 중요한 가치가 있다고 믿게 된 뒤로 수학과 과학의 법칙은 나를 완전히 몰입하게 만들 수 없었다. 선생님은 가끔 나의 이야기를 들어주시곤 하셨다. 그리고 자연스럽게 내가 수학을 놓지 않도록 이끌어 주셨다. 어떤 잔소리나 조언, 반대보다도 꿈을 잃지 않으며 내가 눈앞의 의무에 소홀하지 않도록 도와주셨다.

오랫동안 좋은 선생님 밑에서 열심히 공부했기 때문에 나는 시선을 다른 곳으로 돌렸음에도 수학 성적을 계속 유지할 수 있었다. 경영학과에 지원하기로 정하고 복잡한 미적분과 기하와 벡터를 포함하는 이과 수학을 더 할 필요가 없어졌을 때 나는 이미 문과 수능을 잘 칠 수 있겠다고 느꼈음에도, 수학학원을 계속 다녔다. 친구들과 선생님이 있는 학원은 이미 단순한 교습을 넘어 삶의 공간처럼 느껴졌다.

성인이 된 직후에도 선생님께 조언을 많이 받았다. 내가 하려는 것이 이런 모습이냐고 물으며 추천해 주신 유튜브 채널, 살아가며 도움이 되는 글을 모아놓은 PDF 파일 등.

대학생이 된 나는 서울로 올라갔지만, 울산으로 돌아올 때면 학원에 가끔 들러 인사를 드렸다. 그리고 전역을 앞두고 오랜만에 선생님께 연락을 드려 말년 휴가에 선생님과 식사를 했다. 그 무렵 나는 사회에 나가서 하고 싶은 일들의 계획을 잔뜩 가지고 있었다. 악기를 배우고, 유튜브를 해보고 싶고, 책을 완성할 생각을 갖고 있었다. 신이 나서 이런저런 이야기를 했던 것 같다. 몇 년 만에 뵌 선생님은 이전보다 더 지쳐 보이셨던 것 같다. 하지만 나는 내 이야기를 하는 데에 정신이 팔린 상태였다. 선생님은 흥미롭게 이야기를 듣고 응원과 격려를 해주셨다. 그리고 가볍게 읽어보기 좋다며 책도 한 권 주셨다. 그리고 그날 밤 어머니께도 전화하셔서 오랜만에 이야기를 나누셨다고 한다. 내 칭찬을 그렇게 많이 하셨다고 전해 들었다.

그 뒤로 전역한 나는 서울로 올라가 계획만큼은 아니지만 그런대로 새로운 삶을 살아가고 있었다. 어느 날 학원을 같이 다니던 친구가 연락이 와서 소식을 들었냐고 했다. 비보를 전해 들은 나는 믿을 수 없었다. 더욱 충격적인 것은 내가 선생님을 뵙고 정말 오래되지 않은 후에 일이 있었다는 사실과 내가 알게 된 시점에서는 이미 몇 달이 지나버린 날짜였다. 이미 이뤄진 이별은 멈춤의 시간이 아닌 내가 소식을 들었을 때 찾아온 셈이었고 그 사실이 허탈하고 괴롭기까지 했다. 나는 한동안 공허함에 잠겼다.

몇 주 후였을 거다. 꿈에서 나는 무슨 이유에서 태블릿을 훔쳐 범죄자가 되어 수사망이 좁혀지고 있었고 엄청난 불안감에 시달리고 있었다. 누군가에게 자백해야겠다고 마음을 먹고 찾은 곳은 수학학원이었다. 나는 급하게 할 말이 있다며 원장 선생님을 불렀다. 선생님은 마지막에 뵈었던 모습이 아닌 내가 더 오랫동안 기억하는 예전의 모습을 하고 계셨다. 그리고 특유의 위트 있는 말투로 불안해하는 나에게 "무슨 일이냐, 내가 죽기라도 했냐?"라고 말씀하셨다. 그 자리에서 나는 펑펑 울기 시작했다.

꿈에서 요소들은 비교적 명확하지 않지만, 감정은 더욱 강렬하게 느껴지곤 한다. 깨고 나서도 멍하니 침대에 앉아 슬픔의 여운 속에서 꿈을 기록했다. 나는 꿈속에서의 만남을 통해 마지막 인사도 드리지 못했던 불편한 마음을 조금은 덜 수 있었던 것 같다.

소식을 듣고 1년이 지나서야 울산에서 학원을 찾아갈 용기를 낼 수 있었고 부원장 선생님과 오랜만에 대화를 할 수 있었다. 울지 않겠다고 다짐하고 학원으로 향했던 기억이 난다. 꽤 오랫동안 많은 얘기를 나눴다. 원장 선생님의 이야기, 힘들었던 시기, 미래, 학원의 운영, 친구들 등. 나는 마지막으로 원장 선생님을 뵈었던 날과 꾸었던 꿈에 관한 이야기도 했다. 책을 내면 선생님께 꼭 드리고 싶었는데 그럴 수 없게 되었다. 부원장 선생님께서 책을 대신 받겠다고 하셨고 응원도 보내주셨다. 그렇게 삶에서 소중했던 어른을 더 이상 만날 수 없음을 안고 살게 되었다.

슬프게도, 나쁜 일은 한꺼번에 오기도 한다. 원장 선생님의 소식을 듣고 얼마 되지도 않아서였다. 할아버지가 돌아가셨다.

부모님의 전화로 잠에서 깨어나자마자 들은 말이었다. 실감이 나지 않았다. 검은 옷을 입고 천안으로 내려갔다. 부모님은 아침부터 울산에서 올라오셨다. 할머니가 계셨고 둘째 작은아버지 내외가 계셨다. 나는 할머니 곁을 지켰다. 어른들은 일을 처리하기 바빴다. 병원과 구청과 장례식장을 오가며 서류와 장례를 준비했다. 수의를 입혀드리기 전에 할아버지 얼굴을 마지막으로 볼 수 있다고 했다. 할머니는 내가 안 갔으면 좋겠다고 하셨다. 할아버지가 안 좋은 모습을 보이기 싫어했을 거라고. 나는 어른들 사이에서 나서서 이야기하기가 어려웠다. 몇 마디와 눈물이 오갔고 나도 할아버지를 뵙기로 했다. 평온하게 누워계신 모습의 할아버지를 보자 눈물이 쏟아졌다. 돌아가며 인사를 드렸다. 얼굴을 마지막으로 만져보고 손을 잡아 보았다. 차가운 손을 잡고 할아버지를 불러보았을 때, 나는 정말로 할아버지가 깨어나실 줄 알았다. 그래 호진아, 나를 부르는 목소리가 선명한데 그 목소리가 더는 없는 것이라는 사실을 믿을 수 없었다.

사실 나는 할아버지가 어려웠다. 당신은 많은 사람에게 어려운 분이기도 했다. 자존심이 강하셨다. 한마디로 독불장군이셨다. 무뚝뚝하고 고집 강한 할아버지이셨지만 내게는 많은 표현을 하셨다. 문자나 전화도 자주 해주셨고 훈련소에서는 직접 쓴 편지도 보내주셨다. 여든이 넘으신 춘추에 힘들게 익힌 폴더폰으로 글자를 꾹꾹 눌러서 장문의 문자를 보내셨을 생각을 하면 그 마음의 크기에 나는 새삼 벅차오른다. 때가 지나고 나서야 문자에 좀 더 답장을 드릴 걸, 전화를 드릴 걸 생각하지만 이미 나는 그럴 수 없다. 그리고 그 책임은 온전히 내가 짊어져야 한다.

그래도 조금 위안이 되는 건 서울로 대학을 오면서 할머니 할아버지를 자주 뵈었다는 거다. 방학을 조부모님 댁에서 지내기도 했다. 군 복무를 하면서도 부모님과 면회를 오셨고 그 후로도 지역이 가까워지다 보니 학교로 오시거나 내가 넘어가 함께 식사도 몇 번 했다. 그럼에도 내가 조금 더 살가운 손자였으면 얼마나 좋았을까 싶은 후회는 지울 수가 없다.

마지막으로 할아버지를 뵈었을 때, 할아버지는 나에게 메일에 관해 무언가 여쭤보셨다. 사이트가 통합되면서 로그인 방식이 바뀌었고, 이전의 기록 또한 계정을 잃어버리며 찾기 어려웠다. 나는 최선을 다해 설명해 드렸지만, 할아버지는 무슨 말인지 모르겠다며 잘 이해하지 못하셨다. 내가 아는 똑똑한 할아버지의 모습은 아니었다. 대화가 잘 이뤄지지 않아서 조금은 답답했는데, 그게 할아버지와의 마지막 기억이었다는 사실에 마음이 너무 좋지 않았다.

처음 치르는 장례는 생경했다. 셋째 작은아버지가 미국에서 오시기 전까지 상주는 아버지와 둘째 작은아버지, 나 이렇게 셋이었다. 조문객을 상대하느라 바쁜 두 아들을 제외한 나는 안내하는 역할을 맡았다. 조의금을 받고 어느 쪽 조문객인지를 듣고 어른들을 불렀다. 드문드문 찾아오는 조문객을 하염없이 기다릴 수는 없는 노릇이었다. 격정적인 슬픔이 장례 내내 지속되지는 않았다. 책상 밑으로 휴대폰을 보다가, 잠이 쏟아질 때는 눈도 붙이곤 했다. 할아버지 장례식장에서 휴대폰을 보고 졸고 있는 나 자신이 부끄럽고 불효자가 된 것만 같았다. 먹는 행위조차 죄스럽게 느껴지곤 했다.

조문객이 적을 거라던 어른들의 말을 나는 믿고 있었다. 그런데 먼저 화환이 쏟아지듯 왔다. 어느 학교, 어느 회사. 다수가 아버지의 회사에서 온 화환이었다. 그리고 오후, 저녁이 되자 조문객이 꽤 많이 왔다. 나도 맞절을 받고 안내도 했다. 한 사람의 죽음에 연관된 수많은 사람과 그 속의 관계. 자리를 잡고 사람들에게 받는 인정. 누군가의 경조사에 참여하는 마음. 사람이 세상에 남기는 흔적. 아버지의 이름으로 찾아오는 수많은 조문객을 보며 많은 생각을 했다.

둘째 날 저녁, 셋째 작은아버지가 미국에서 도착하셨다. 꼬박 24시간을 날아오신 셋째 작은아버지를 나는 아기 때 말고는 본 적이 없었다. 그렇게 삼 형제가 모였다. 첫째인 아버지의 결혼식 때 보고 처음 셋이 모였으니 24년 만이라고 들었다. 나는 그 장면에 크게 울음을 터트릴 수밖에 없었다. 각자의 삶을 사느라 만나지도 못하던 삼 형제가 첫째의 결혼식 이후 아버지의 장례식에서 만나는 장면은 감동적이었고, 슬펐고, 묘하게 어색했다. 당사자도 아닌 나에게도 만감이 교차하는 장면이었다.

입관할 때 모두가 마지막으로 할아버지를 뵈었다. 눈물을 흘리며 모두 마지막 인사를 전했다. 나도 울면서 할아버지께 마지막으로 사랑을 전했다. 삼 형제가 모이고 할머니와 함께 이야기 보따리가 풀렸다. 들어본 적 없는 아버지의 어릴 적 이야기는 신기했다. 셋째 날 아침에 발인했다. 뜨거운 유골함을 안고 가평으로 향했다. 평소 할아버지의 말씀에 따라 자연장지를 결정했다.

성인이 되고 얼마 되지 않아, 할아버지와 회에 청하를 마시며 술이 그렇게 쓰지 않게 느껴졌던 날을 기억한다. 받았던 문자 중 '삶에서 꿈을 가져라, 그리하면 꿈은 이뤄진다, 어떤 사람이 될 것인지 목표를 분명히 하라'는 장문의 문자가 할아버지와의 이별 이후 가슴 속에 커다란 자리를 차지했다. 할아버지에 대한 죄송하고 고마운 마음을 길이 간직하려고 한다. 할머니를 포함한 주변의 어른들께 더욱 잘해야겠다고 더욱 다짐했다. 못다 한 얘기들을 언젠가 할 수 있다고 믿으며, 할아버지가 편히 쉬셨으면 한다. 비겁하지만 이렇게나마 사랑을 전해본다.

짧은 기간에 내 세상에 있던 사람들이 더 이상 존재하지 않게 되는 일이 겹치며 나는 필연적으로 다가올 수많은 이별이 크게 두려워졌다. 부모님이 농담처럼 말씀하시는 '내가 죽고 나면'이 하나도 유쾌하지 않았고 앞으로 맞이해야 할 이별을 감당할 자신이 없었다. 그렇게 불안정한 마음이 들며 무서웠지만, 삶은 이어졌다. 남겨진 이는 떠나간 이의 기억을 안고 나아가게 된다. 관계와 시간에는 간극이 생기기 시작하고 자연스레 아픔은 무뎌진다. 그렇게 가끔 떠나간 이를 기억하며 슬퍼하며 우리는 살아간다.

내세나 영혼을 믿지는 않지만 남겨진 이의 의식과 기억 속에서 떠나간 이는 여전히 존재한다고 믿는다. 그 사람에 대한 관념이 남아있다는 점에서 죽음의 이별도 완벽한 단절이 아니다. 삶은 죽음에의 필연적인 과정이고 다른 사람과 관계 맺는 우리에게 죽음은 단순히 삶의 대척점이 아니라 일부로서 존재한다. 슬픔을 충분히 슬퍼하고 가끔 관계를 떠올리며 살아가는 것. 단련될 수도, 준비할 수도 없지만 그조차 받아들이는 것. 그렇게 조금씩 죽음을 이해해 본다.

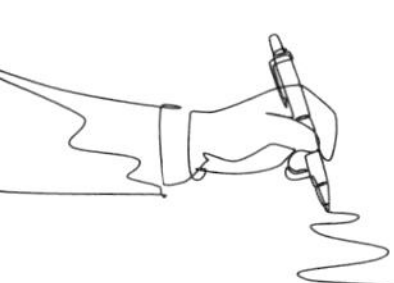

더 나은 세상이라는 꿈

나는 더 나은 세상을 꿈꾼다. 사람들이 자신의 자아를 찾아 탐험하고 삶을 누릴 수 있는 세상을 꿈꾼다. 본질, 성장, 화합을 추구하는 세상을 꿈꾼다. 더 행복한 세상을 꿈꾼다. 누군가 나의 꿈을 묻는다면 나는 이 꿈을 말할 수 있고, 진심으로 더 나은 세상을 만들기를 바란다고 흔들리지 않고 말할 수 있다. 거대하고 막연한 꿈이지만, 그것이 옳다고 믿고 나를 가장 가슴 뛰게 만들기 때문이다.

교육을 바꾸고 싶다. 처음으로 세상에 대해서 가치 판단을 내리고 발전을 꿈꾸었던 분야는 교육이었다. 입시를 위한 획일화된 평가 아래에서 이뤄지는 교육의 모습을 고민했고 내면의 성장을 도모하는 교육을 꿈꿨다. 어쩌면 그 시작은 아무나 쉽게 내뱉을 수 있는, 누구나 할 수 있는 그저 옳은 말에 불과했을지도 모른다. 교육이 잘못되었다고 누군들 말하지 않는가. 모두가 알고 있지만 바꿀 수 없는 일에 과하게 마음 쓰지 않고 눈앞의 삶에 집중할 뿐이다.

그러나 잘못이라고 생각되는 일을 어쩔 수 없다며 넘어가기에는 융통성이 없었다. 사춘기의 무모함을 필두로 한 정의감으로 교육의 본질을 고집했고, 그 생각을 조금 더 키워보기로 했다. 그래야만 했다. 주변에서 친구들이 고통받는 모습을 보았고, 책을 통해서는 좁은 시선 속에서 놓치고 있는, 더 넓은 세상의 모습을 보았다. 내가 틀리지 않았다는 확신을 가진 뒤로는 꿈을 언제나 간직했다.

지금도 역시 교육이 더 나은 모습으로 실행되어야 한다고 믿는다. 다만, 비판하고 염세만 하던 예전과 달리 구체적인 교육의 방법을 고민하고 내가 할 수 있는 작은 일에 집중하려고 한다. 최근 2년간 교육봉사를 통해 만들어 낸 가치가 실질적인 효용에서는 앞선 나의 모든 교육에 관한 고민과 공부의 가치를 웃돌지도 모른다. 실제로 변화를 만들지 못한다면 고민은 무의미하다. 변화를 향한 강한 마음만 존재하던 때보다는 더 많은 것들을 이해할 수 있게 되었다. 지금 내가 커다란 변화를 만들어 낼 수는 없지만, 언젠가 사람들에게 더 나은 삶을 향할 수 있는 철학을 심는 교육을 제공하는 사람이 될 것이다.

교육을 고민하고 더 나은 세상을 꿈꾸며 살아온 과정에서 직접 느낀 성장의 즐거움과 삶의 변화가 교육의 궁극적인 목적이라고 믿는다. 교육을 통해 사회적 자본을 축적하고 이를 통해 생계를 유지할 직업을 얻는 것은 엄연히 사회를 유지하는 교육의 기능이지만 부가적인 성질에 불과하다. 교육의 본질은 인간의 성장, 삶 자체를 향상하는 데에 있다고 믿는다. 우리는 어제보다 오늘 더 나은 삶을 원한다. 그리고 더 나은 삶은 비단 숫자로 환원되지 않는다는 사실을 우리는 알고 있다.

단순히 더 높은 점수를 받고, 더 많은 돈을 가진다고 해서 삶의 질이 올라가는 것은 아니다. 좋은 관계를 만들고 자신을 이해하고 그에 맞는 삶을 살 수 있을 때 우리는 비로소 삶에서 의미를 얻는다. 사람이 성장하는 방법은 무궁무진하지만, 그 모든 방법은 한마디로 공부라고 할 수 있다. 더 나은 자신을 위해서 노력하는 삶이 힘을 얻길 바란다. 나는 책을 읽고, 글을 쓰고, 비판적으로 사고하고, 배움을 놓지 않으려고 한다. 앎에 대한 의지를 통해 세계를 이해할 수 있고, 실천하는 노력을 통해 더 나은 삶을 만들 수 있다. 누구든 자신이 관심 가지는 것에 대해 배우고 그 세계를 넓힐 수 있다. 교육은 이런 성장하는 삶이 가능케 하는 사회의 기반이 되어야 한다.

교육뿐만 아니라 세상에 존재하는 수많은 갈등과 문제에 마음을 쓴다. 정치, 사회, 환경, 경제. 배움과 지식을 통해 세계의 다양한 모습을 이해하는 시도도 교육 못지않게 흥미롭다. 나는 유독 배움과 앎에서 큰 효능감을 얻는다. 아는 만큼 볼 수 있는 세상을 멀리까지 보고 싶다. 그러면서 역시 느끼는 사실은, 모든 분야에 능통하기는 쉽지 않다는 거다. 모든 사회 문제에 대해 마음을 쓰고 공부하기란 불가능하다고 느껴진다. 그러나 내가 모든 일에 정통한 식견을 가지고 옳고 그름을 판단하며 적극적으로 나설 필요는 없다고 느낀다.

세상에는 자신이 중요하게 생각하는 분야에서 세상에 열의를 가지고 변화를 위해 노력하는 사람들이 있다. 나는 그런 사람들과 유대하고 싶다. 각자의 이상을 그려나갈 수 있는 능력을 함께 키워가고 싶다. 더 많은 사람들이 세상에 가치를 만들어 낼 수 있으면 좋겠다.

그래서 나는 더 나은 세상을 꿈꾸는 사람들을 도울 수 있는 교육자가 되고 싶다. 청소년을 대상으로 할지, 성인을 대상으로 할지 모르겠으나 어떤 목표를 가지고 어떤 교육을 제공하고 싶은지는 알 것 같다. 평가가 목적이 되지 않고, 개인의 성장을 위해 세상과 자신에 대한 이해를 향하는 비판적 사고의 훈련, 독서, 글쓰기를 시스템의 기반으로 정할 것이다. 지식은 인간의 삶에 효용이 될 때 더욱 의미 있다는 점에 집중해 앎을 실제로 세상에 전할 가치로 만들어 가는 사람들을 길러내고 싶다. 그들이 꿈꾸는 세상의 모습과 삶을 함께 고민하고 실제로 그 삶을 살기 위한 현실적인 방법을 함께하고 싶다. 세상의 방식과 동떨어지지 않게 사회가 요구하는 능력을 키우면서 본질에는 진정으로 중요한 가치에 대한 고민이 심겨있으면 좋겠다.

누군가는 환경을 보호하겠다는 이상을, 누군가는 약자의 권리가 지켜지는 배려하는 사회를, 누군가는 내적인 성장을 도모하는 교육을 꿈꿀 것이다. 대단한 꿈을 꾸지 않아도, 각자의 자리에서 조금은 더 선한 영향력으로 발전을 말할 수 있는 사람을 만드는 교육을 제공하고 싶다. 사람들의 자아가 꺾이지 않는 교육을 제공하고 싶다. 이 학교를 거치고 나면, 자신의 힘으로 주체적인 인생을 살아갈 수 있다는 믿음을 얻게 되길 바란다. 그 힘을 얻는다면, 무엇이든 할 수 있다. 자신의 나은 삶만을 추구하는 사람이 아닌, 넓게 사유하고 공동체에 이바지하는 사람을 만드는 교육기관. 이 막연한 꿈은 나를 살게 한다.

세상이나 사회라는 관념에는 물리적 실체가 존재하지 않는다. 세상을 바꾸겠다는 말은 그래서 많은 경우에 뜬구름 잡는 소리가 되곤 한다. 인간, 교육, 경제, 문화 등 수많은 영역이 유기적으로 작용하는 사회를 그 자체로 논하기란 쉽지 않다. 세상을 바꾼다는 꿈에는 구체적으로 어떤 분야에서 어떤 방식으로 어떤 변화를 추구하는지 명확한 설명이 필요하다. 세상이라는 대상을 법의 맥락으로 바라본다면 세상을 바꾸는 방법은 새로운 정책과 정치적 현안에 관심을 가지고 그 변화에 참여하는 사회 참여일 것이다. 이 경우에는 사법부나 입법부, 행정부에 들어가 국가의 운영에 관여하면 가치를 창출하며 세상을 바꿀 수 있다.

지금 내가 바꾸고 싶은 대상은, 사람이다. 교육이 잘못되었다고 해도 교육 자체에 다가가 대화할 수는 없었다. 입시를 벗어나 분노할 대상이 눈앞에서 사라지자 교육을 바꾸겠다는 꿈이 다소 길을 잃었다고 생각했었다. 스스로를 부정하고 자유 속에서 노력과 책임 없이 허덕이기도 했다. 사회의 더 많은 갈등과 부조리가 눈에 들어왔고 무력감은 커졌다. 그러나 여전히 더 나은 무언가를 원하는 마음을 삶에 적용하며 통해 깨달은 본질은, 세상을 구성하는 가장 중요한 요소는 사람이라는 사실이다. 교육에 대한 분노도 나 자신은 더 나은 사람이 되고 싶고, 친구들도 더 나은 삶을 살기를 바랐기에 생겼다는 걸 깨달았다. 수많은 문제에 대해서도 비판이나 염세가 목적이 아닌 발전을 목표로 할 때 사람들 사이에서 가능성이 열림을 확인했다. 언제나 목적이 되어 중요한 의미를 지니는 대상은 사람이다.

사람의 생각을 바꾸는 데에는 자격도, 정당성도 결코 주어질 수 없다. 단지 대화를 시도할 뿐이다. 교육의 본질, 문학과 독서의 필요성, 생각하는 삶 등 이 책에서도 여러 주장을 전했지만, 그 모든 내용은 나의 생각일 뿐이며 정면으로 반박할 수 있다. 자연과학이나 수학이 아닌 삶이라는 총체적 경험에서 모두에게 합리적인 주장이란 아마 존재하지 않을 것이다. 그 점은 나에게 자주 무기력함을 불러온다.

누군가는 타인에게 피해를 주면서까지 자신의 이익을 추구하고, 법을 어기지 않으면 괜찮다고 생각한다. 법을 어겨도 걸리지 않으면 상관없다는 경우도 많다. 이런 경우에는 그래도 쉽게 가치 평가를 내릴 수 있지만, 일상에서는 선과 악으로 행위를 구분할 수 없다. 독서하는 행위를 선, 독서하지 않는 행위를 악이라고 말할 수 없다. 기부가 선한 행동이라고 해서 기부하지 않는 삶이 악한 삶이 되지 않는다. 개인의 행동을 넘어 두 대상 간의 관계는 대부분 맞물려

있어 영웅과 악당이 아닌 이익 관계의 두 집단이 있을 뿐이다.

그러나 사회와 삶에 완벽한 정당성이 없는 건 당연한 일이다. 도덕도 법도 생각도 모두 절대적인 법칙 없이 계속해서 변해왔다. 뻔한 방법이지만, 대화와 토론을 건설적으로 쌓아야 한다. 그 속에서 새로운 가치가 생기고 변화의 초석이 만들어진다. 삶이 각자의 세계를 만들어 가는 과정이라면, 그것을 공유하여 함께하는 세계를 구성하는 것이 좋은 사회의 모습이다. 친구들이 나의 이야기에 공감하고 동의할 때 충만함과 보람을 느꼈고, 반대되는 의견 속에서 새로운 이야기를 나눌 때 겸손의 필요성을 느끼고 성장을 체감했다.

사회의 수많은 문제에 대해 논리적으로 사고하고 대화를 나눌 수 있는 장이 필요하다. 정치, 성, 출산율, 교육, 고립에 관한 사회적 담론을 인터넷 세상에서의 극단적인 분노가 아닌 사람 대 사람으로서의 대화의 기회로 성장시켜야 한다. 존중을 기반으로 한 사회적 토론은 멀게 느껴지지만, 그런 태도가 가장 가까워야 함을 믿는 사람이 늘어난다면 충분히 가능해질 것이다. 나는 당장에 친구들과 사회에 관한 얘기를 나누며 타인과 공동체에 무관심하지 않고 발전을 논하려 한다.

뉴스를 보면 이런 생각이 든다. 사회에 관심을 가지고 마음을 쓰건 말건 세상은 어차피 나와 무관하게 흘러간다. 내가 오직 만들 수 있는 변화는 가끔 한 표를 던지는 것 외에는 없는 것처럼 보인다. 인터넷 세상에서는 익명성에 숨은 악한 마음이 서로에게 혐오를 드러낸다. 갈등은 선행보다 널리 퍼지고 사회적 문제에 마음을 쏟는 건 무의미해 보이기까지 한다.

비바람이 치는 날 쓰러진 간판을 세우는 사람을 좋아한다. 도서관에서 뒷사람을 위해 문을 잡아주고, 버스를 타고 내릴 때 인사하는 사람을 좋아한다. 한 사람의 세계는 닫혀있지만, 우리는 분명 타인을 위해서도 행동할 수 있다는 사실은 무한한 가능성을 열어준다. 그래서 나도 이런 일들을 행하고, 그 자체에서도 기쁨을 느낀다. 길을 묻는 사람에게 친절하게 대답하는 사람을 응원하고, 남을 도우려는 마음을 가진 사람을 존경한다. 되돌아오는 호의를 바라기 때문에, 혹은 모두가 배려하는 세상이 될 거라 믿기 때문이 아니다.

세상을 바꿀 수 있다면 그것은 사람을 바꿈으로써 가능하고, 가장 바꾸기 쉬운 사람은 나이기 때문이다. 그리고 호의는 호의를 만났을 때 공명하여 더욱 커다란 좋은 마음을 낳는다. 이런 마음을 토대로 조금 더 큰 세상을 향한 꿈을 가지는 사람들과 결을 함께하고 싶다. 긍정적인 가치만 존재하는 유토피아는 존재하지 않는다. 그렇다고 해서 더 나은 것에 대한 노력을 놓아버리면 세상은 걷잡을 수 없이 흐트러질 것이다. 누군가는 희망을 말하고 변화를 위해 노력해야 하며, 그런 마음을 잃어버리지 않으려고 한다.

좋은 정치는 불가능하다고 말하며 타인과 사회를 고려하지 않는 냉소는 쉽다. 비난하기 위해 비난하고, 귀와 마음을 닫으면 된다. 더 중요한 나 하나의 문제만을 신경 쓰고 살아가면 된다. 그렇게 사회를 향하는 목소리는 극단적인 것만이 살아남고 중간에서 냉소하는 회색지대는 늘어난다.

창조는 파괴의 역순이 아니다. 파괴하고 무너뜨리는 행위는 큰 노력을 요구하지 않는다. 열심히 미술 작품을 그리는 데에는 미술가의 오랜 훈련과 노력이 필요하지만 그 작품을 훼손하는 일은 누구나 손쉽게 할 수 있다. 사회 담론이나 나아가 삶의 많은 영역도 그렇다고 생각한다. 논점을 비껴가는 허수아비를 만들어 상대를 비방할 수도 있고, 문제가 되는 규칙을 그냥 없애버리는 파괴는 쉽다. 파괴는 타인을 고려할 필요가 없다.

하지만 창조는 다르다. 새로움을 만들어 낼 때는 깊은 고민이 필요하고 타인과 세계와의 조화를 고려해야 한다. 그 어려움을 무릅쓰고 창조를 이룰 수 있을 때 비로소 발전의 가능성은 열린다. 손쉬운 파괴의 폭력성 때문에 무력함에 자주 빠지겠지만, 사회와 공동체를 고민하고 생각을 나누어야 한다. 사회적 주제를 마냥 피하고 밀어내서는 안 된다. 대화를 시도하고, 그렇게 소중하게 만난 호의를 마음에 심고 나아가야 한다. 그것만이 변화를 만들 수 있는 유일한 방법이기 때문이다.

어떤 사회이건 문제는 생기기 마련이다. 그저 난세의 영웅을 바라거나 회색지대에서 냉소하는 태도는 안전하지만, 더 나은 세상을 만들 수 없다. 존중을 전제로 하고 화합을 목표로 목소리를 내고 나와 다른 생각을 가진 사람과 대화를 나눌 때, 비로소 변화를 창조할 수 있다. 더 나은 세상을 만드는 방법은 어렵지만, 분명히 가능하다.

지금 내가 할 수 있는 일은 불확실한 미래를 향해 확실한 한 발을 내딛는 것뿐이다. 거대한 생각에 사로잡히지 않고 현실에서의 삶을 쌓아가는 것. 나에게 주어진 일에는 최선을 다하고, 내가 만들고 싶은 가치를 만들기 위해 나만의 길을 개척하면 된다. 책《이우학교 이야기》에서 만난, 나에게 지금까지도 버팀목이 되는 문장을 소개하고 싶다.

> '가장 이상적인 것이 가장 현실적이다. 왜냐하면 가장 이상적인 것은 결국에는 상식이 되기 때문이다.'

모든 인간이 평등하다는 주장과 신분제 폐지. 성별, 인종, 종교에 따른 차별의 금지. 인류의 긴 역사에서 볼 때 그저 헛소리에 불과했던 많은 이상은 현재 우리 모두의 상식이 되었고, 현실이 되었다. 물론 각자가 다른 모습의 이상을 가지고 있고 그렇기에 정답이란 존재하지 않는다. 모든 이상이 옳은 것은 아니다. 그러나 꿈을 꾸었던 사람들이 노력해 만든 변화를 통해 세상이 바뀌어 왔다고 믿는다. 이상적이라는 단어에는 자주 이런 뉘앙스가 깔려있다. 세상 물정을 모른다. 현실을 인식하는 능력이 부족하다. 또 이상과 현실은 반대되는 개념으로 사용되곤 하는데, 내가 생각하기에 둘은 상호 배타적인 반의어 관계가 아니다. 이상은 자주 현실 너머의 모습을 담고 있지만, 그 모습을 현실로 만들려는 향상심을 전제로 한다. 현실의 반대에는 비현실이 있을 뿐이다. 우리의 현실은 이미 수많은 이상 위에 쌓여있다. 모두가 더 나은 세상을 꿈꾸며 나아간다는 나의 이상도 결국 상식이 되리라 믿는다.

더 나은 세상을 꿈꾼다. 당신도 그랬으면 좋겠다.

오랜 숙제를 마치며

책을 써서 교육을 바꾸고 세상을 바꾸겠다는 막연한 꿈을 오래도 간직했다. 십 대가 지나기 전에 완성할 줄 알았던 책을 실제로 내기까지 정말 긴 시간이 걸렸다. 그렇게 노력과 고생 끝에 완성한 책이지만 아쉬움이 크게 남는다. 글을 쓰는 과정에서 나의 부족함을 여실히 느낄 수밖에 없었다. 이 책을 구상하며, 마지막 장을 덮었을 때 단순히 인상적인 문장 몇 개만 남는 게 아니라 실제로 삶에서 방향을 설정하는 데 조금이라도 도움이 되는 글이 마음에 남았으면 하는 욕심이 있었다.

아무리 좋은 글이나 책이라 할지라도 그 내용은 휘발되기 마련이다. 몰입해서 읽었던 소설의 내용은 가물가물해지고, 세상을 이해하기 위해 집어 든 과학책에 나온 과학적 원리는 흐릿해진다. 경험과 생각을 담은 에세이는 순수한 문학성이나 지식 전달을 목표로 하지 않는다. 에세이는 삶의 경험과 생각을 통해 직접 독자에게 다가가는 능력이 있다. 좋은 에세이는 단편적인 이야기를 넘어 사라지지 않는 소중한 깨달음을 남길 수 있는 매력을 지닌다. 삶에 울림을 주어 머리와 가슴에 모두 남는 친근한 글을 쓰고 싶었다.

마음에 남을 수 있는 변화를 만들겠다는 욕심에 추상적이고 어설픈 철학을 주장하지 않았나 반성하게 된다. 변화란 강요할 수 없다. 삶의 태도에 관해서는 더욱 그렇다. 좋은 글은 주제에 대해 스스로 고민하고 선택할 수 있는 여지를 남긴다. 마치 이솝 우화에서 나그네의 외투를 벗기는 데에 성공한 건 거센 바람이 아니라 따뜻한 태양이었던 것처럼 말이다. 퇴고의 과정에서 과한 주장은 최대한 덜어내고 추상적인 표현을 풀어내려고 노력했다. 수필 혹은 에세이도 문학이라는 생각에 욕심을 내느라 명확하지 않았던 문장을 고쳤다. 자연스럽게 생각을 전달하려고 했다.

그럼에도, 이 책이 인상적으로 남지 못했다면 그건 나의 앎이 부족하고 글이 부족했기 때문이다. 다행히 몇 가지 생각의 흐름이 흥미롭게 남았다면 그것만으로도 감사한 일이다. 작은 하나의 변화라도 만들 수 있었다면 이 책은 목표를 달성한 셈이다.

자비 출판을 결정하고 진행한 크라우드 펀딩에서 과분한 관심을 받았다. 근래에 왕래가 적었던 친구들도 선뜻 도움을 주었다. 그렇게 오랜만에 연락이 닿은 친구들과 얘기도 나눌 수 있었다. 여러 곳에서 받은 호의는 더 좋은 글을 쓰고 싶은 동기가 되었다. 희망과 신뢰, 나아감을 생각할 수 있었다. 이 글을 읽는 당신이 만약 기회가 된다면 감상을 전해주기를 부탁한다. 어떤 내용이 새로웠고, 어떤 생각에는 동의할 수 없었고, 재밌었던 이야기는 무엇이었는지. 일부 독자와 직접 소통할 수 있다는 사실을 전제하고 출판을 준비할 수 있었던 점은 행운이었다.

책을 준비하는 과정에서 수많은 회의에 사로잡혔다. 나는 전문적인 수준의 지식도 없고, 글쓰기 능력도 한없이 부족하다. 더 나은 세상과 삶이라는 주제는 추상적이고, 정답이 존재하지 않는다. 그러나 신중을 넘어선 지나친 회의로는 아무것도 이룰 수 없다. 부족하더라도 생각을 정리하고 공유하는 과정에서 이뤄지는 성장의 힘을 믿으며 조심스레 글을 전한다.

부족함을 마주하고 다시 나아가겠다는 의지를 다진다. 다양한 영역의 책을 더 많이 읽으며 세계에 대한 이해를 넓히고, 글쓰기를 놓지 않고 좋은 글을 쓸 수 있는 능력을 키울 계획이다. 학문적인 공부를 거쳐서 체계적인 방법으로 사회와 교육, 삶을 논해보고 싶다. 행복에 무심하지 않고 하루하루를 가꾸고 싶다. 동시에 현실에 발붙이고 살아가며 나에게 의미를 주는 가치를 추구할 수 있는 방법을 찾아갈 예정이다.

이 모든 과정으로서의 삶을 받아들이고 의미를 만들어 가는 주체가 되기 위해 노력할 것이다. 더 나은 세상을 만들고 싶고 여전히 하고 싶은 얘기가 많다. 하지 못한 말들의 아쉬움은 앞으로의 발전을 위한 원동력으로 남겨본다. 출판이라는 오랜 숙제를 마친다.

출판에 도움을 주신 분들

황소연
성찬식
조성모
익명의 후원자
서다정
김민권
기무
김선호
조영우
허준서
반은준
김려원
황종빈
신혜영
규리짜루
신현용
정준혁
허진서
김도형
신하영
박서정
변민우
유성민
김도현
안지한
부촌장 이예린
구민석
임철우
강우성
최무결
김영욱
장정환
홍주혁
안우진
진태우
방승은
이준렬
박지호
김은서
성주님
엄찬웅
김현빈
안태영
다예

임나현

김관호

기공 우도현

권순석

정민우

김대민

배찬혁

이종원

권수빈

세르히오 라모스

이준혁

김동완

김상택

군대 정민욱

강병욱

이종준

김정민

상준

SMS

이경은

곽민희

현뚜짜루

불주먹 윤현지

박은총

이지호랑이

이지윤

류승범

김준

박수혁

서아현

정요한

김윤성

김준한

강규현

신현재

양성식

고건

챈댕짜루

홍용진

김재형

박성근

천시현

남기욱

김주연

스치는 생각을
글로 붙잡아 보았다

초판 1쇄 발행 2024년 12월 16일

지은이 김호진
펴낸이 류태연

펴낸곳 렛츠북
주소 서울시 영등포구 문래북로116, 1005호
등록 2015년 05월 15일 제2018-000065호
전화 070-4786-4823 **팩스** 070-7610-2823
홈페이지 http://www.letsbook21.co.kr **이메일** letsbook2@naver.com
블로그 https://blog.naver.com/letsbook2 **인스타그램** @letsbook2

ISBN 979-11-6054-736-8 03810